문학과지성 시인선 307

붉은 달은 미친 듯이 궤도를 돈다

윤의섭 시집

문학과지성사

문학과지성사에서 펴낸 윤의섭의 시집

말괄량이 삐삐의 죽음(1996)

문학과지성 시인선 307
붉은 달은 미친 듯이 궤도를 돈다

펴낸날 / 2005년 8월 26일

지은이 / 윤의섭
펴낸이 / 채호기
펴낸곳 / (주)문학과지성사
등록번호 / 제10-918호(1993. 12. 16)

서울 마포구 서교동 395-2(121-840)
편집 /(338)7224~5 FAX 323)4180
영업 /(338)7222~3 FAX 338)7221
홈페이지 / www.moonji.com

ⓒ (주)문학과지성사, 2005. Printed in Seoul, Korea

ISBN 89-320-1627-5

  지은이는 경기문화재단의 창작지원을 받았습니다.

문학과지성 시인선 307

붉은 달은 미친 듯이 궤도를 돈다

윤의섭

2005

시인의 말

잊을 수 없는 기억이 있었다면
당신은 영원했던 것입니다.

위의 글을 현재형으로 바꾸어보라.

불생불멸이 곧장 떠올라야 한다.

2005년 8월
윤의섭

붉은 달은 미친 듯이 궤도를 돈다

차례

시인의 말

꿈속의 생시

내가 이 해안에 있는 건
파도에 잠을 깬 수억 모래알 중 어느 한 알갱이가
나를 기억해냈기 때문이다
갑자기 나타난 듯 발자국은 보이지 않고
점점 선명해지는 수평선의 아련한 일몰
언젠가 여기 와봤던가 그 후로도 내게 생이 있었
던가

내가 이 산길을 더듬어 오르는 건
흐드러진 저 유채꽃 어느 수줍은 처녀 같은 꽃술이
내 꿈을 꾸고 있기 때문이다
나는 처녀지를 밟는다
꿈에서 추방된 자들의 행렬이 산 아래로 보이기 시
작한다 문득
한적한 벤치에 앉아 졸고 있는 나를 발견한다

바다는 계속해서 태양을 삼킨다
하루에도 밤은 두 번 올 수 있다

그리하여 몇 번이고 나는 생의 지층에 켜켜이 묻혔
다 불려 나온다

雪國

눈 내리는 아침에 인적이 없다

다만 남쪽 하늘로부터 따스한 온기가 간신히 느껴
진다

내 곤두선 살갗만 일억오천만킬로미터 밖에 떠 있는
항성을 기억할 뿐이다

오래도록 눈 속으로 사라진 지상은 떠오르지 않아

바람 불면 부는 대로 눈길 나고 눈 언덕 돋는

움직이는 마을 따라 떠돌다보면

내게도 녹아버릴 리 없는 빙하기가 도래할까

설원에 낯선 문자가 써 있어

가까이 가보니 허리 부러진 무지개였다

좀 전까지도 누군가와 생소한 얘기를 나누던 것 같
았지만 단지

눈 쌓여 희뿌연 허벅지 살을 드러낸 안개나무 한
그루

앙가슴에 녹아내리던 물방울 다시 얼어붙는 중이다

가지런한 발자국이 나무 밑에서 끊어졌다

눈 그치고 여전히 인적은 없다

물고기 이야기

이야기 하나 해줄게

이야기를 시작하면 어디선가는 꼭 이야기 내용대로
일이 벌어질 것 같은 얘기

오늘은 파란 하늘에 하루 종일 비행운을 그으며 비
행기가 날고 있다

소문 듣고 멀리서 찾아온 비행기 영혼들

벌써 산등성이 사이로 아지랑이가 피어오르고

수만 물고기 떼가 날아오르기 시작했다

삭정이가 떨어진다

지난밤 달빛에 베인 가지가 이제야 생의 인연을 놓
친다

그렇다면 맨몸으로 겨울을 견디는 저 나무들은 금욕
적인가 물어봐야 한다

굴참나무 오리나무 대패밥나무 두꺼운 껍질 속에 흐
르는 지독한 原始의 기억

살기 위하여 떠나가고 떠나보내는, 그런데

나는 계곡 바위 틈 맑은 물속에 달이 박혔는 줄 알
았다

은빛 물고기 한 마리 물살에도 끄떡없이 움직이지
않고 있었다

바람재를 끊임없이 넘어선 바람은 점점 억새 모양으
로 휘어지고

하산을 서두르며 풀린 다리를 추스를 때에도

그녀는 마지막 보던 날 노란 가을 은행나무 아래에
아직도 서 있을 것이다

그때 나뭇가지에 숨어서 지저귀던 새소리가 지금

계곡을 울리며 들려오는 보이지 않는 새의 노래를
닮았다

그날도 지금처럼 하늘엔 등이 흰 물고기가 박혀 있
었다

물고기는 헤엄치지 않는다

다만 물을 떠나보낼 뿐이다

나는 지상을 떠돈다

그때 상상했지만 바라지 않았던 이야기의 결말처럼

세상에 없는 책

고서점에 가보니 당장 반월로 가라고 한다
과연 몇몇 무리 진 산책자들이 들길을 걸으며
들풀 이름을 맞추기도 하고
꽃나무 아래서 웃음 지으며 향기를 맡기도 하고
날이 이슥해져 공동묘지 사이를 지나가는
한 사람의 등엔 배고픈 아이가 업혀 있다
저수지 가에 늘어선 영양탕 민물 매운탕 백숙 간판
이 보여도
짙어가는 물안개에 발목을 적시며
묵묵히 걸을 뿐이었다 난 오리도 좋아하는데 아이가
말했지만
농가의 불빛이 도깨비불처럼 떠올랐다
한 사람씩 사라지더니 파릇한 새 떼를 입힌 봉분이
솟아났다
달빛에 퍼득이는 수면은 재빠르게 페이지를 넘긴다
여기 달 귀퉁이는 언제나 접혀 있다
더 이상 읽지 못하고 밀쳐둔 남은 날들이
지금껏 남아 있을 리도 없다

다시 접힌 페이지를 펼쳐본다

아이 혼자 달맞이꽃 길을 걷고 있다

개가 지켜보고 붕어가 머리 내밀고 닭이 뛰고 오리가 난다

이 동화책엔 뼈대만 남았다

물의 유목

이맘때쯤 떠오르는 노래에 나는 고개를 주억거리고
있었다
방금 뭐라고 하셨죠
고사리 마을 사자평 갈꽃을 둘러보다 만난 그의
선승 같은 말을 나는 건성으로 들었다
원자와 원소의 차이를 설명하며
나도 허공에 떠 있는 셈이라고
산에서 말을 걸어오는 사람은
대개 외롭거나 초월을 꿈꾸는 사람이다
아, 모든 문은 경전이라고요

뒤로 물러선 산은 휘어진 등을 보였다
저 산마루에도 至福은 없이 늙은 갈대만 우거졌다
늦가을에 방목한 소떼의 길을
지금은 인간의 무리가 순례한다
그렇기는 해도 공중신전은 없다
연륜에 겨운 바람이 들풀이 되었다 해도
누군가 가슴을 후벼낸 채 갈대로 피었든 말든

사실은 산마루에서 갈대로 엮은 배가 발굴되었을 때
어디에도 호수의 흔적은 보이지 않았었다
벌써 떠난 거겠지요 저쯤이 가장 먼저 부딪친 암초
였겠고
남해로 뻗은 골산을 가리켰다
어떤 사막의 새우는 바위틈에 웅크렸다가
십 년 만에라도 비가 내리면 짝짓기도 하고 알도
슨다

현관문을 열고 들어서자 가득 찼던 물이 막 빠진 참
이었다
이맘때쯤 떠오르는 노래에 나는 또 고개를 주억거
린다

사라지는 햇살처럼

산숲의 무성한 나무 중 하나가
감았던 눈을 뜨고 나를 바라보는 느낌이었다
그때서야 나는 나타난 것이다

신호 대기로 멈춰선 동안
후사경에 뒤차의 여인이 비친다
권태로운 눈썹에 뜬금없이 푸른 해안선이 겹친다
하늘에는 어느새 뭉게구름이 몰려왔다

——그건 기억상실증에 걸린 채 해안을 거닐던 신이
   문득 천상을 기억해냈기 때문이지

먼 산등성이를 타고 흘러내리던 저녁 햇살이
 어느새 다가와 길가의 들꽃으로 피었다 시들어버
리고
 뒤차 운전석에 피어나더니 다시 겨울이 시작되었다

오늘은 내 유전자를 지닌 햇살이 지상으로 온 날이다

갑자기 차 틈에서 낙엽이 솟아올랐다

유일한 부장품일 것이다

초가을 장날

칠일장이다
흰 차개를 펼쳐놓은 점포들 사이로
고추 호박 오이같이 햇볕에 익은 낯빛을 가진 여인네들이
앙상한 손마디를 뻗어 괜시리 발길 뜸한 해질녘 오후만 뒤적인다
보자기 펼치고 옷가지 몇 벌 개켜놓은 채
눈물이 곧 배어 나올 것 같은 눈으로
먼 서녘만 바라보는 어떤 노파는
처음 나와 장사하고 있는 눈치다
칠일 터울 징검다리를 밟아 서해안 끝자락에 들어앉아
칠일에 한 번씩 피었다 지는 꽃처럼
저렇게 낯선 땅 위에 잠깐 살아나 어리둥절해한다

높은 창 아래 누워 참매미 울음을 듣는다
그러다 창을 기웃거리고는
산 중턱으로 미루나무 흔들고 사라지는 바람을 본다

뒤따라 육중한 구름 그림자가 꿈틀거리며 지나간다
어딘가로 가는 모양이다 나는
어렴풋이 알겠고 또 믿는다
칠일장이 다가오면 햇볕이며 바람이며 구름 그림자
모여
　낯선 장마당에 사람 형상으로 들어앉아 있을 것을
　그게 죽을 자리에 퍼질러 앉은 하염없는 보시라는
것을 믿는다

부처산

다시 찾아갔을 때
그녀는 방금 마른 수채화 밑그림처럼 햇살에 번지고
있었다
십 년 전 모습 그대로다
베란다에 가득 찬 부처산을 바라보며
눈에 뒤덮이면 흰 꽃 수놓은 치마폭이 아늑하다고
실은 부처산이란 지어낸 이름이다
지명에 가사미산으로 되어 있지만 마음 가는 대로
바꿔놓았다
한 식경쯤 지나자
그녀는 거의 사라져가 남은 건 윤곽뿐이었다
방문 판매를 하러 초인종을 눌러대다 여기 들어온
나는
그녀를 십 년 전에 만난 적이 없다
처음 보는 외판원에게 산을 벗 삼아 사는 속살까지
내비치며
언제 또 들르라고 말하지만
늙은 그녀는 곧 숨을 놓고 말 병색이었다

이쯤이었나 가물거리는 층수를 더듬으며 다시 찾아
갔을 때
　방 안에는 부처산이 들어앉아 있다
　한숨 자고 싶어졌다

나의 처음

내가 처음 여자를 안 때는
옆집 누나의 알 수 없는 향기를 더듬거리던 열네 살
칠흑 같은 밤은 온몸을 옥죄어 들었다
내가 처음 갈매기의 꿈을 읽었을 적에
석양으로 이지러진 하늘에선 비행운 한 줄기
그토록 지워지지 않는 상형 문자의 시대
이 모든 사건보다 더 많은 첫 경험이 있었겠지만
지미 핸드릭스 짐 모리슨 제니스 조플린 같은 아티
스트는
비슷한 시기에 요절했어도 지금껏 늙지 않고 라디오
속에 살아 있다
내게는 처음 본 풍경이 잊혀진 때가 떠오르지 않는다
아마도 여행 중이었거나
때마침 부는 바람에 담긴 숲을 보다가 곧바로 바람
이 죽었거나
나는 또 누군가에게는 처음으로 잊혀진 사람일 수
있다
마지막 지구인이 지상에서 사라질 때

나뭇잎 하나도 그 때문에 흔들리지는 않을 것이라고
누가 말했던가
나는 또 처음 누군가를 잊었을 때가 있을 것이다
그때에도 꽃은 피었고 계절은 흐르고 있었을 것이다
다만 그것만을 기억한다

사월의 狂詩

꿈에 벚꽃은 화사하여 온통 불길 일었는데
오늘 아침 길가 벚꽃은 후드득 후드득 지고 있었다
숲은 한껏 고요하여 곧 몰아칠 비바람을 느끼고 있다
이천일년사월에 이르러 봄은 소리 없이 무너진다 소
리 없이
봄은 꿈속으로 옮겨진다
사라진 모든 계절 머릿속에 피어나
길게 누운 몸뚱이를 타고 꾸역꾸역 터질 듯이 밀려와
태양이 떠오르면 부서진 잔해처럼 꽃잎은 어디론가
흩어져 가고
나는 멸망을 기다린다
허락 받지 않은 복원을 내밀한 망명을 그린다
대기의 진액을 빨아들이고 다가올 태양의 궤도조차
내게로 휜다
어느 위대한 見者가 그토록 바라던 단 한 줌 햇살이
되어간다
저만치 목련이 촛농처럼 녹아내린다
필 때부터 흐느끼고 있었다

환기구

벽에 뚫린 환기구를 통과하려면
숲에 대한 기억이 남아 있어야 한다
환기구에 걸린 채 죽은 바람의 시체는
방 안에 흩어져 있던 몸뚱이를 추슬러 솟구치는 순간
숲에서의 희미한 유년에 온 생을 걸어버린 것이다
애초부터 푸른 플라스틱 프로펠러는 돌고 있었다
느리게 혹은 빠르게 붙박인 날개를 파닥이며 썩은
숨을 내뱉는다
밖에서는 벌써 낙엽이 지고 일 세기 만에 회귀하는
혜성이 나타날 때다
한때 방생이라고 여겼다
환기구는 일그러진 입을 열고 방을 빤다
네 개의 날개 뒤로 후광처럼 번득이는 풍경은 너무
오랫동안 고해 성사 중이다
어느 날은 느린 날개 사이로 술렁이는 숲이 보였다
분명 부연 달이 떠올라 있었다
환기구는 저들의 뿌리다
또 한 가닥의 바람이 홀연히 일어나 머리를 디민다

25

기둥

연둣빛 사이로 문득문득 피어 있는 벚꽃이
저수지에 그대로 비쳤다
예상대로라면 저것 봐 학이야 라고
콧노래를 흥얼거리던 그녀가 소곤거려야 했다
그러나 스쳐가는 바람결에서
잊어버렸던 풀내가 간신히 느껴졌을 뿐
며칠 밤을 지새웠는지 모를 낚시꾼만 수심을 가늠하
고 있다
그녀 자리에 낚시꾼이 그녀 살내음에 바람이
몇 가지가 바뀐 것이다
이 바람은 너무나 긴 여행을 했다
그날도 벚꽃이 피었고 산자락 너머로 바람은 어렴풋
이 풀내를 흩날렸다
저것 봐 학이야 기둥 뒤
이젠 안 보일 거야 가리킨 곳은 주춧돌만 남은 절터
나는 약간 어질하여 아무 데나 몸을 기댄다
등 뒤로 거대한 기둥이 갑자기 솟아난 듯 무언가 몸
을 받쳐준다

노을에 물든 구름 기둥이 신전처럼 세워졌다
저수지 속의 나무 기둥이 한차례 일렁거리고
낚시꾼은 콧노래를 흥얼거린다 기둥에 새겨진 저 오
래된 참요

눈길

그밤 눈이 내렸고
어둠 속에서도 눈은 길을 만들어 행인을 홀렸다
바람조차 공중으로부터 뿌리내리는 설벽을 무너뜨
리진 못했다
무엇이 눈을 내리게 하는가
그밤 길을 잘못 들어 문득 들판에 서성이는 미아들이
며칠 동안 붉게 떠 있던 미친 달덩이 서너 개가
기억에서 사라진 어린 날 눈길에 홀려 헤매던 내가
눈이 내리는 동안 나타났다 사라진다 그사이
설목은 서둘러 꽃을 피웠고
열 번도 넘게 꽃을 피워 스스로를 고사시키고
숲 속에서 어떤 짐승은 재빠르게 짝짓기를 해대어
설국의 종족을 번식한다
그밤 눈에 갇혔거나
눈으로 활짝 피어난 시대에 잠시 살았던 몽유의 기
록이 말끔히 녹아버리면
그것으로 돌아올 길을 잃어버린 사람들도 있다는 것
을 눈치채야 한다

흐린 날 어디선가 들려오는 비명과 소곤거림과

흐느낌과 낄낄거리는 소리

그러므로 나는 어디서 걸어 나왔는가

무엇이 또 눈을 내리게 하는가

이 설국에서 나는 추억이다

하염없이 이어진 눈길 위로 붉은 달은 미친 듯이 궤

도를 돌고 있다

진공관 앰프를 틀었네

진공관 속에 나비 한 마리 날아간다 지직거리면서
폭설로 뒤덮인 언덕 너머로부터 노래가 흘러나온다
전봇대 한 그루 문득 걸음을 멈추고 등을 수그렸다
이 세계에 맞춰진 주파수는 없다
애창곡은 여전히 미완성인 채로 불어오다 만다
유리창 밖에선 태양이 빛났지만
세상의 단 한 군데쯤엔 영원히 아침이 오지 않을 수
있다
전원을 끈다 그러자 어둠 속에서 눈을 뜨며
어느 요절한 가수가 노래를 웅얼거리기 시작한다
나는 다시 창밖을 내다본다
창백한 낯빛으로 처마 밑에서 떨고 있는 처녀
울고 있지만 소리가 들리지 않는 미아
일방통행로에 들어선 장례 행렬
언덕에 세워진 송신탑에선 붉은 점멸등이 조난 신호
를 보내고
나는 이 세계의 구조는 계획에 없다는 걸 안다
새벽 네 시에 새로 시작을 알리는 메시지도 수신된

적 없고
　혜성처럼 긴 꼬리를 흘리며 비껴가는 노랫가락도
　실은 폭설에 파묻혔다 바람결에 잠시 살아난 메아리
　진공관 속에 나비 한 마리
　텅빈 유리알을 슬며 날아간다

눈바다

亂雪을 뚫고
갑자기 이글거리는 적도의 바다가 내려다 보인다
길 잃은 눈 한 송이쯤 너무 멀리 날아갔는가
바다는 흰 살점을 하늘로 띄우고 있다

　등을 후리치는 파도에 바위는 점차 사람 모양을 찾
아갔다 얼마나 무거운 발걸음이었기에 시린 바다 건너
와 바위로 굳은 걸까 굽은 등엔 오래 받아낸 달빛이
새겨지고 별이 남기고 간 궤도가 그어져 있다 이 세상
에 이르러서야 그리운 이를 만날 수 있다면 그러나 바
위는 좀 더 기다리기로 한다 웅크린 몸을 쉽게 일으키
지 않는다 이제 곧 길이 열린다

　온종일 바다는 하늘과 몸을 섞는다
골수를 뽑아 올린다
바위는 바다 위를 걸어간다
별빛이 일러준 궤도를 따라
천 년도 더 된 품으로

눈 같은 속살을 끄집고 떠나간다

어딘가로 세상이 옮겨지고 있다

지구에서 사라진 생물

　처음 修理寺의 인상은

　음침한 계곡에 어두운 잿빛으로 번지고 있는 노쇠한
은둔자였다

　오랜 후 찾아간 수리사는 좀 더 젊어져

　날렵한 몸매를 드리운 채 거친 숨을 몰아쉬는 짐승
처럼 엎드려 있었다

　그뒤 수리사는 사라졌다

　그 밤 지구에서 사라진 생물이라는 책을 뒤적였다

　삼색금강사랑새가 너무 아름다운 날개 때문에 멸종
되었다는 쓸쓸한 소식

　홀로 남았던 늙은 암컷 오록스는 제 종족의 멸종을
스스로 이루어야 했다

　그러나 낮부터 내리는 눈에 덮여서 하얀 퇴적층에
파묻힌

　지구인의 빙하기라는 항목은 아무래도 찾을 수 없
었다

　인간은 너무 오래전에 자취를 감춘 것이다

　모든 것은 이미 늦어버렸다

서른 중반의 지형학은 지상에 어떠한 박제도 남겨
놓을 수 없었다

　절멸, 그 이후는 내게 다가오지 않을 기록으로 남겨
진다

　거친 점묘화의 눈발 사이로

　더운 김을 내뿜으며 쓰러진 수리사가 보였다

　아무도 보이지 않았고 송전탑 비상등만 깜박이는 중
이었다

감춰진 시간

바람이 일자 수면에 물비늘이 번득이기 시작했다
새들은 빛을 밟으며 날아올랐다
빛의 부력으로

1. 혼자 밤길을 걷는 소녀

어둠은 한 걸음 떼어놓은 자리를 곧바로 메우고 있
었다
한밤중에 국도를 따라 걷는 소녀의 손엔 봉다리가
들려 있고
지나가는 차들은 멈칫거리며 휘돌아 갔다
먼 인가의 불빛이 등대처럼 또는 붙박이 별처럼 소
녀를 끌고 있었다
아니면 소녀는 제자리에 서 있었는지도 모른다
어슴푸레 보이는 등 뒤로 세상은 한 걸음씩 물러서
는 중이었을 것이다
느리게 아주 느리게 몇 년 후 다시 지나가게 된 국

도에서
　소녀는 여전히 밤길을 걷고 있었다
　오랜 항해였지만 늘 과거에 도착할 뿐이었다

　　2. 칼날

　부엌에 서서 그녀는 칼을 갈고 있다
　실은 물을 마시려고 냉장고까지 간 거지만
　왜 거기 서 있는지 잊은 채 무심코 집어 든 칼을 가
는 것이다
　무딘 기억의 날은 잘 서지 않았다
　그녀는 방금 전 부엌에 생겨났다
　언제나 부엌에 서서 칼을 갈며 창밖을 바라본다
　가을이 가고 마지막 눈이 내린 뒤에도
　또 눈이 내린 뒤에도
　손가락 베어 흐르는 피를 입으로 빨면서도
　그녀는 살아나지 않았다

3. 北殿

일천구백칠십칠년 대홍수가 일어나 마을을 휩쓴다
계곡에서 다가오는 물의 절벽에
간절한 기도 모양 가지를 떨고 있는 버드나무가 뿌
리째 뽑혀 나가고
가축들은 잊혀진 유목 시대의 습성을 되살려 물길을
헤젓지만
어디에도 푸른 초원은 보이지 않았다 다음 날
긴 사체의 행렬로 떠올랐을 뿐이다
그 끝을 무지개 치마 입은 네가 따르고 있었다

저녁이 되자 반달이 날개를 접고 수면에 내려앉는다
대신 하늘을 뒤덮은 새떼는 떠도는 무덤이다
부리마다 황금빛 조각을 물고
누천년을 그랬듯 새들은 서녘에 태양의 부장품을 묻
는다

억새

산꼭대기에 억새밭이 기다리고 있었다

그는 사탕을 꺼내 물었다

한 걸음 옮길 때마다 체온이 떨어졌기 때문에

살아 있는 미각만으로도 전율이 일었다

나뭇가지에 묶인 빨간 끈이 길을 알려주었다 그는

조금 늦었다

억새의 절정인 가을 다 지나

늦겨울에야 찾아가는 배달부인 셈이다

이미 알고 있는 소식일지도 모른다

그는 한결같이 서쪽으로 누웠을 억새밭을 떠올린다

하늘에 가까울수록 중력도 한 사람쯤은 놓칠 때가

있는지

그는 몰아치는 후폭풍처럼 산을 오른다

절벽 끄트머리에는 가장 긴 억새가 휘어져 있다

눈썹달처럼 날렵한 잎새가 지우는 경계

산꼭대기 길이 끝난 자리에서 그는 빨간 끈을 억새

에 매단다

神墟

소나기가 내렸지만 어디에도 젖은 흔적은 없다

이미 젖어 있었기 때문에, 젖은 웃음 젖은 심장 젖은

석양에서 몰려오는 붉은 해류에 토사가 무너져

산기슭의 도서관 밑둥은 굵은 뿌리를 드러냈다

지금 서고에는 또 한 꺼풀의 햇빛이 쌓이고

누군가 책장을 넘기면 먼 수평선에서 파도가 일어

선다

그뿐이다 폐어처럼 살아왔지만 도대체 수면으로 떠

오를 수가 없다

창밖에선 떨어지던 나뭇잎이 멈춰 서 있다

한번 바람에 휘어진 코스모스가 그대로 굳은 채 늙

어간다

구름이 미처 거두지 못한 소나기 한 방울이 항성처

럼 붙박였다

태곳적부터 놓여 있는 듯한 책상에 기대어 저토록

느리게 흘러가는 창밖을 바라본다

단지 나의 적요가 바깥 세상에선 사막으로라도 피어

나길 바라며

쓸쓸히 가라앉은 해중릉에 제단마다 불이 켜진다

다시 비가 내리고 가물거리는 빗방울 사이로

무너진 도서관 밑둥을 삽으로 다지는 인부들이 보
이고

정문 앞에는 꽃다발을 들고 서 있는 한 여인

언제부터 거기 서 있었는지 인간계의 기일이 떠오르
지 않는다

아, 티벳

뒷산 목장에서는 야크를 기른다
고산 지대에서나 살고 있는 짐승을 데려다 놓고
밤마다 울부짖는 신음에 시달린다
지난밤엔 斷末摩가 어둠 꿰뚫고
잠든 숲을 일제히 깨워

눈앞에 툰드라의 초원을 불러 앉힌다
모래바람에 지직거리는 화면 가득 파미르 고원이 떠
오른다
단 한 번도 암컷에게 구애하기 위해 싸움 벌인 적
없는 뿔 머리 치켜세우고
저놈의 티벳 새벽이 가장 먼저 찾아오는
저놈의 高原 지독한 환생

걸어간다 산봉우리 걸어간다 부드러운 털은
바람이 되어 흩어져도 뿔은 변함없는 북극성에 걸어
놓아야 한다
눈 부릅뜨고 우우 한세상 몰아간다

다음 날 야크는 생기 넘쳐 우리를 거닌다
죽은 줄도 모르는 채 고원의 풀을 뜯는다
뿔을 휘저으며 한줄기 뿔피리 같은 구애가를 부르며

풀등

바닷물이 빠지고 잠시 햇빛을 들인다 언제부턴가 문득 이 모래섬에 살고 있다 올해 서른일곱 갈색 계열의 서재엔 아무도 없지만 놓여 있는 필통과 다가올 미래를 엿보려는 바람결에 모서리를 살짝 들어주는 책장과 지나간 날들이 켜켜이 쌓이는 먼지 구석까지 다 보이는 것은 서재가 나의 눈동자이기 때문이다 잠깐 떠오른 모래섬이 가느다란 실눈을 뜨고 속눈썹에 닿은 파도는 하염없이 소살거린다 햇빛을 가득 머금고 서재는 다시 오랫동안 바다 밑에 잠긴다 햇빛은 끝내 질식하고 주위는 조금씩 어두워질 것이다 그때까지 밖에선 꽃도 피고 눈도 내릴 것이다 먼 남녘에선 제웅처럼 돌아다니는 내 모습도 보일 것이다 그사이 책장은 한 페이지 넘어간다

오래된 숲

마당엔 대추나무 잘린 밑둥이 남아 있다
일천구백구십일년십일월 나뭇가지에서 무리져 날아
오른 새떼는
노을 지는 바다로 향했고
그대는 엽서 한 장을 보내고 외항선 타러 떠났다
서녘이 한 개 별빛에 사그라지는 여명 속에
화들짝 불타오를 때였던가
그대는 더 이상 늙어가는 사진을 찍지 못한다
서녘으로 퍼진 나이테는 몇 줄에서 멈췄나
밑둥에 앉아 다시는 돌아오지 않는 새떼를 떠올린다
나무 솟았던 하늘엔 환상통처럼 바람이 울며 가고
그대여 밑둥에 닿은 내 등뼈를 타고 나무는 여전히
숲을 이룬다

습성

봄나들이는커녕 집구석에서 종일 앓고 있다
신열로 온몸이 달아오르더니
햇살과 함께 유리창을 뚫고 들어오는 새소리에
누워 있는 몸뚱이는 조장을 치르는 중이다
녹차를 한 주전자나 끓여 마셔 다향 풍기는 살내음
베란다에 만개한 철쭉도 간밤엔 이렇게 성불했을 것
이다
기침이 나왔다 기침 한 번에
마당에선 목련이 터졌다 기침 한 번에
남도에선 수국이 피었다 라일락이 피었다

며칠째 눈이 내린다
산짐승이 먹이를 찾아 내려왔는지 발자국이 흩어져
있다
나는 하늘로부터 나를 향해 떨어지는
한 송이 눈을 찾아보는 습성이 있다
눈은 곧잘 시선을 피해 간다
흩날리는 듯하지만 눈은 떨어질 지점의 궤도를 잃지

않는다
　굽이굽이 날리면서도 이를테면
　좁은 창틈 지나 기어이 선반 위로 거슬러 오르는 귀
소 본능
　한 송이 눈연어를 찾느라 마당에는 흐드러진 발자국

　지금도 어디선가 나와 동시에 신열로 들끓으며
　소담스레 피어나는 꽃이 있을 것이다
　어쩌다 바람에 날린 꽃잎 하늘로 올라가면 먼 훗날
눈송이가 된다지

벤치에 졸던 바람

카시니 號가 화성에 착륙하려는 순간
통신이 끊겨 영영 행방을 알 수 없게 되었다고?
백만 년 전에 사라진 바닷가에서
양 날개 펴고 태양열에 맘껏 지직거리는 콧노래를
들어보련

부드러운 등살을 짚듯 산길을 오르는데
어디론가 급히 내려가는 바람과 부딪힌다
무심결에 뒤돌아보면 어느새 길을 조이고 드는 나
무들
나무에 갇힌다 몸에 나무가 파고든다
뿌연 햇살을 뚫고 들려오는 산새 소리 애절하다면
재깔거리며 사라지는 등산객들이 갑자기 서러워진
다면
지금껏, 음, 나무가 되기 위해 살았다는 말이지
한없이 고독에 가까울 무렵에서야 숲을 이룬다는
거지

숲 속에 놓인 벤치에는 좀 전까지 누가 앉았었나
보다
콧노래를 흥얼거리다
나는 오래 묵은 햇살을 받으며 잠깐 존다

기억의 그물 밖

저공비행을 하던 잠자리들은
차례로 차 앞유리에 머리를 부딪치고는 사라져갔다
와이퍼를 켜도 지워지지 않는 그들의 진액 사이로
부용대가 나타났고
고생대부터 바위에 박혀 있다 되살아난 듯한 잠자리
떼는
계속해서 앞유리를 향해 날아들었다

부용대 오르는 길 소나무 그늘 속에 숨어 있던 바람
에 얼굴을 베인다
얼핏 허름한 서원으로 뛰어가는 바람의 윤곽
가까이 가 보니 벽에 걸린 미인도 치맛자락을 휘감
고 다소곳하다
아래에 글귀가 적혀 있다

어느 날은 문밖을 내다보니 마당 쓰는 하인들 몸 사
위가 제의를 치르는 것처럼 엄숙하다 이로써 경전을
덮고 섬돌 위에 서니 불어오는 바람에 꽃잎 한 장 담

장을 넘어 간다 내 여기서 기다리고 있음을 알리노니 세월을 무수히 건너뛴들 내 제전에 국화 바치고 향불 피울 이 없으랴마는

부용대의 늦여름 남해에선 갑자기 적조가 나타나 바다를 물들이고
몇만 년 만에 토성은 지구에 가장 가깝게 다가왔다
부용대 아래에선 이제 막 깨어난 강물이 몸을 뒤틀었다
모든 게 계획된 일인 듯 마을에선 한 노인이 죽어 산 너머로 실려 가고
좀 전 길섶에 뱉은 내 침의 유전자는 줄기를 타고 올라 풀꽃으로 변했다
오래전부터 시작된 초혼제였다

바람벽

들판에 눈이 쌓이고 있어요
지금은 유월이잖습니까
아니오 그 겨울엔 여전히 눈이 내리고 있어요

눈도 참 많이 내렸던 그 겨울
옆집 목수는 세살 장지를 짠다
격자무늬에 담아낸 들판은 그대로 허연 문풍지가
되고
장작 난로 빨갛게 달아오른 배와
찬바람 쏘다니며 붉어진 내 볼
불쏘시개처럼 겨울은 불타고 있었다
문간방 형은 기타를 뜯으며 유행가를 불렀고
세든 여자는 남묘호랑교를 하루 종일 만 번쯤 중얼
거렸다
문짝은 계속 짜졌고
열일곱 키만 한 문짝이 눈앞에 놓였을 때
그 겨울은 영영 닫혀버렸다

들판에 문짝이 묻혔다가 더러 속뼈를 드러내기도
했다
　저 들판을 열어봐야겠는가
　지상은 대패질하고 못 박고 쐐기 지르고 아교 바르며
　어디선가 계속 만들어지고
　내 갈비에 질린 문살은 이제 헐겁다

　문풍지 우는 소리 들린다
　우우웅 새어 나오는 신음 같은 게 들린다
　들판에 한차례 바람벽이 세워질 때마다
　건너편에선 유행가며 남묘호랑교 소리가 새어 나
오고
　태양처럼 둥글어진 난로가 떠다니고
　목수가 손 다듬는 내 얼굴의 목각인형이 놓여 있다

　바람벽 무너지면 미처 숨지 못한 눈송이가 보이기도
해요
　지금은 유월이잖습니까

金都誌

정선 몰운대에선 십만 년 만에 이르러
절벽에 핀 우담화를 씹어 먹고 있는 차가 발견되었다
음력 일월십오일의 일이었다
보름달의 어귀도 물어뜯겨 있었는데
달은 별로 맛없는 메마른 꽃이다

아침엔 안개가 끼었다 이 쇳가루, 녹슬지 않는 숨결
산비탈을 타고 내려와 마을을 온통 도금하고
동구 밖에는 철갑을 둘렀다
이것이 철기시대의 기원이다

아이들이 쫓아다니는 무지개는
형상기억합금이다
태양에 대한 기억 속으로 몸을 휘는 빛의 등뼈
몇몇 아이는 무지개 너머로 사라졌다
그 후 古墳에선
태양 속에 다리가 세 개인 아이들 뛰노는 벽화가 발
굴되었다

그렇게 멀리 떠나온 건 아니다
어제는 부서진 정강이에 철골을 심었다
겨우 영혼이 생겼다

옆으로 누운 나무

내 꿈 속에 뿌리를 꽂아 피어나던 나무는 죽어버렸다
꿈은 그렇게 독했나 보다
거울을 바라보면 심장이 사라진 자리에 나무가 자
라고
그날 나무는 제 아랫도리에 그어진 얇은 톱니 자국
을 굽어보다 미친 듯이 웃어젖혔다
삼십 년 묵은 버드나무가 쓰러지던 날
나는 그녀를 끌어안고 왼종일 서 있었다 그녀를
더듬어보았지만 어느새 저만치 등 돌려 사라지고
나무는 누워서도 먼 바다와 수작을 나누는지
바싹 마른 나뭇가지에선 밤새 파도 쓸리는 소리가
났다
너는 수평선에 떠 있던 위성의 해안을 거닐던 나무
였다
이 별에 건너와 予의 잎새와 予의 생장점을 피우더니
아니다 내가 이 죽어가는 나무에 뿌리를 박고 사는
중이었다
나무는 이미 황량한 사막을 걷고 있었다

나무는 무성한 명부도를 그리고 있었다

어린 날 숨바꼭질하러 기어올라 가지처럼 서 있으면

나는 바람을 간지럽히는 나뭇가지의 촉감을 느꼈다

고개를 치켜들면 푸른 하늘에 젖꼭지를 빨리는 여린 생장점이 보였다

나무는 그렇게 어린 시절로 돌아가는 중이다

이놈의 와불, 千手千眼 땅 위에 늘어뜨린 채 내 후생을 먼저 살다니

秀巖圖

꽤 오래된 화첩이다

여우난골에서 웅숭깊은 동구숲을 지나 방아고개에
이르는 화폭

서쪽에선 또 해륙풍이 불었고 무서운 얘기 듣다 까
무룩 선잠 들면

새끼줄 같은 장대비가 쏟아지곤 했다 그러다 말짱한
날이면 죽은 줄 알았던

어부들이 돌아오고 옆집 누나에게선 꽃내음이 났다

수암봉 깊은 골을 타고 안개가 흐른다

혹은 산에 산다는 짐승 입김일지도 모르나

칠 년마다 바쳤다는 처녀 제물 덕인지 모습을 드러
낸 적 없다

어딘가에 떠다닌다고 전해지지

아직 이 마을은 발견되지 않았다

집들이 철거되면서 북쪽은 죄다 허물었다

언젠가는 끝내 냄새 그윽하던 珍味閣이 헐리면서 우

는 소리를 냈다
　며칠 안 보이던 화교 주인은 다락에 파묻혔고
　그 집 딸 검은 자장면 같이 서 있었다
　중국은 아주 넓다지…… 흩날리는 진미각
　흙먼지를 타고 황사처럼 왔다 황사처럼 고향에
　다시 세워지겠지 마을을 벗어나면 곧 마음인걸

　분명 그리다 만 바람이 미루나무에 걸렸을 것이다
추억 역시 못다 새겼다 지워진 시절도 있으며 사라지
는 게 아니라 덧칠하는 망각이 있을 뿐이다 새벽이면
뻐꾹새 소리 찌르레기 소리부터 차오르고 햇살이 수채
처럼 번지고 없던 사람들이 길가에 서성이고 떠도는
긴 영혼의 그림자가 드리워지고 꽤 오래된 화첩이다
옥탑에서 내다보면 문득 인공위성이 찍은 어느 혹성의
마른 바다가 찰랑거린다 이제 마악 생겨난 별이란다

사막의 모텔

별점이라는 게 있다
태어난 달에 움튼 별자리의 기운이 이르러
생사고락의 운명을 정한다는
나의 행성은 물고기다 한번 지느러미를 흐느끼면
영원히 돌아올 수 없는 모래의 성에 갇히고 마는
별점이라는 게 내게 저 별의 닻이 드리워져 있다
는 게

서력 이천삼년이월 달빛 아래를 걷고 있다 흐릿하다
안개에 싸인 모텔은 앞산 선승이 쌓아놓은 경전이다
층층마다 무량한 중생의 업보가 새겨져 있다
오십육억칠천만 호에 투숙한 노부부는 오늘 밤 마지
막 공양을 할 것이다

또는 하룻밤 자고 일어나면 아래층은 모래 속에 파
묻히고
꼭대기 층은 다시 돋아나 감쪽같이 그대로인 천일야
화였을거다

모래 속 지층에선 점차 추억이 늘어나겠지만
누구도 지난날을 말하지 않는다

바깥의 기온은 점점 떨어지고 있다 그러므로
저건 너의 체온이다
함석 찢는 소리를 내며 바람은 길고 긴 행군을 계속
한다
쓰라린 여정으로 지친 너의 몸뚱이
이 생애를 묵고 가려면 모래 폭풍의 꿈을 꾸어야
한다
하염없이 성을 쌓아야 한다
너의 모래시계는 현생을 지우며 폐허를 낳는다
모래알 수억의 행성마다
목마른 물고기가 하룻밤 머물곤 새겨놓은 이 별자리

바다 속의 나무

밤의 끝자락은 늘 푸르다
거기 누군가 살아 있다 어슴푸레한 심장이 돋아난다

이튿날에도 저 아래 지나가는 바람을 가지 품에 궁
글리는 자작나무를 굽어보는 중이다
휘어진 가지에는 무한한 긴장이 흐른다
흐른다 이제 곧 새로운 行星이 열매처럼 부풀 것이다

내가 태어나기 전 한 마을에 노래하는 나무가 있었
다 하루는 곱게 늙은 노인이 찾아와 나무를 쓰다듬으
며 한밤 내내 울곤 사라졌다 그 후 나무는 노래 대신
울음소리만 냈다 소문에는 나무가 노인을 삼킨 거라고
했지만 어느 겨울 온 지상이 눈에 파묻히고 빙하기가
시작되면서 노래하는 나무는 잊혀지고 말았다

하여 바다가 푸른 것은 커다란 나무 한 그루
잎새의 푸른 빛이 온 바다를 물들였기 때문이다
어느 해협에 뿌리내려 지중해의 난류에 가지를 흐느

적거리고
　밤이면 가장 가까운 별을 깨워 같이 살던 때를 추억
하는 나무가
　따스한 해연풍에 물결 같은 노래를 실어 나른다

　이튿날에도 저 아래 나무들의 戀歌를 듣는 중이다
　어제는 벼락 맞아 갈라진 나무 속에
　빛깔 고운 뼈가 들어 있더라는 소식을 들었다
　이렇게 멸망 이후가 아름다울 수도 있다

빗속의 새

구름이 태양을 가리면 비로소 빛의 숨소리를 들을
수 있다
거칠게 몰려가는 바람의 파편이 수면에 꽂힌다

이 풍경은 덧칠이다
바라볼 때마다 겹쳐지는 눈빛의 엷은 채색
폭포처럼 흘러내려 한 꺼풀 벗겨진 산 중턱에

새는 빗방울과 함께 떠 있다 저쯤에 이르러
오랜 여행을 마친 빗방울이 새로 피어난 것이다

낯선 해안에 밀려온 부유물인 듯 생소하여
지나온 여정을 돌이켜보기도 하고
날갯짓으로 별자리를 가늠하다가

빗속에 떠 있다는 것 빗줄기에 매달려 선회하는
느린 공전 주기에 맞춰 지상에선 꽃 피고 계절이 흐
르고

덧칠을 벗겨내면 여전히 빗속을 날아가는 새
무지개의 航跡을 그으며 중력을 만들며
저쯤 해서 살 만한 둥지를 튼
낙엽이 지고 다시 꽃이 피기 시작한 해안

북쪽의 끝

아까부터 사초만 우거진 바위투성이 비탈을 맴도는
것이었다
입술부터 부르트기 시작했다
한여름에나 피는 옥잠화를 이 수북이 쌓인 만년설
속에서 찾다니
이건 아무래도 헛다리 짚었다
그만 포기하시죠 우리들의 전언은
수정 결정처럼 얼어붙은 천공을 갈라놓고 말았다
순간 할머니가 걸음을 멈추더니 뒤를 돌아보며 웃는
거다

1

다섯 살 되던 해 지상에서의 가장 처음 기억은
따스한 봄날 별정우체국 뒤뜰에 앉아
창구에 옆얼굴을 비추며 앉아 있는 스무 살 누나를
바라보는 일이었다

겨우 한 줌 햇살로 남아 있는 세상이었다

손대면 사라지는 신기루, 잊을 만하면 여전히 스무 살인 누나를 꺼내

뒤뜰에 세워놓는다 그때마다 나는 한 생애씩 바쳐야 했다

언제나 따스한 봄날의 다섯 살로

2

부석사 마당에 손수 석룡을 묻었다는 노인

벌써 천 년 전에 생몰했어야 하는데 안양루에 앉아 감자를 고르고 있다

합장하고 돌아서는데 무량수전 간데없고 커다란 바위가 떠 있다

가만 보니 돌무지개다

일곱 빛깔 고르는 사이 한 줄기에 백 년

3

낙엽은 하루 종일 공중에 떠 있다
붉은 낙엽비의 기우제를 지내며 나무들은 얼마나 오
랫동안 묵상했는가
부토의 영역이 넓어져 간다 幽界로 幽界로

겨드랑이에선 羽化가 시작되었다
여기까지 와서 돌아갈 수도 없는 노릇이다
할머니는 새벽별에 깨어나곤
내 인중에 손을 대고 살아 있는지부터 살피었다
꽤 오래된 종족이다
어느 세상에선 이미 멸종되었을
나비가 펄펄 날아다니는 꽃밭은 아무래도 보이지 않
았다

부석사 붉은 자두

붉은 자두 무르도록 매달려 있네
자두나무 가지에 부석사 매달려 있네
누군가 기다릴 것만 같아 한달음에 달려왔어도
오솔길 들어서선 벌써 후회하네
그건 오래전 일
천 년 전에 들어올린 돌은 여전히 허공에 떠다니고
땅에 뿌리내린 지팡이
숲이 되어 뒤란 가득 메웠는데
내 사원엔 잡초만 무성하네
하루 눈뜰 때마다 폐허가 되네
손에 쥐면 손가락 사이로 빠져나가는 붉은 자두
꼭 쥐면 쥘수록 사라지는
아무도 기다릴 이 없는 부석사
바람 속에 매달려 있네

변신

마당이 보이는 마루에 누워

담장 아래 사시나무가 한나절을 서서 듣고 있는 빗

소리를

함께 듣는다

슬쩍 졸음에 겨운 눈꺼풀이 감겼는가 싶었는데

눈을 떠보니 마당에는 함박눈이 내린다

벌써 며칠 동안 내렸다는 듯이 수북이 쌓인 눈밭

위로

토끼 발자국이 피어났다

돌아누워 마루 벽에 걸린 액자를 바라본다

어릴 적 창경원 동물원에 놀러가 찍은 사진

옆에 꽃다발 한 아름 가득 웃고 있는 졸업 사진

빛바랜 영정 다시 돌아누우면 마당에는 빗방울이 튀

어 오르고

사시나무 눈부신 가지의 날개가 빗속에 새겨져 있다

나무의 일생으로 따져보면

얼마나 많은 반전과 절정이 몰려왔다 몰려간 건지

비도 오는데 이상한 일이지

어머니는 그날 나비 한 마리 마당에 날아들었다신다
한때 나비로 살았던 날이 있다

광장

광장에 비둘기가 내려앉는다
메마른 분수대처럼 젖이 마른 봄신령 탓에
봄은 계속 유예되었다
노숙자들은 비둘기를 쫓지 않는다
밤마다 흘려보낸 꿈의 부스러기를 쪼아 먹고 살진
비둘기를
살기에 찬 눈빛으로 노려볼 뿐이다
녹음된 복음 성가가 광장 귀퉁이를 파먹는 사이
至福으로 향하는 계단을 마주한 채 연신 목탁을 두
드리는 중에게
펑퍼짐한 부산 驛舍는 부처다
광장은 쉽게 잊혀진다
다만 시계탑을 기억하거나
휑한 사막의 카페에 잠겨
망명을 약속하고 곧바로 노선을 정하는
광장은 제 3국이다
광장에 비둘기가 내려앉는다
광장에는 어느 훗날 일어날 똑같은 풍경이

그대로 내려앉아 겹치고 또 겹친다
봄은 여전히 미루어졌고
속이 텅 빈 광장을 슬어놓은 채 기차는 떠나간다
비둘기는 계속해서 고향별로 귀환 중이다

은하계 NGC4261

철거를 끝낸 자리엔 거대한 지하층이 입을 벌리고
남아 있었다
　건물이 무너지기 전까지 품었던 자궁
　빗물이 고이기 시작했다 메우기 위해
　뜨내기처럼 떠돌던 난류조차 이 폐허를 메우기 위해
　수련이 피어났다 예정된 날짜에 맞춘 듯 꼭 사십구
일째에
　피었다 물속의 계단이 피었다 계단으로는
　구부정한 달빛만이 은밀한 걸음으로 내려갔다
　계단에 서로 부둥켜 안고 뒹구는 철골의 머리카락이
흐느적거렸다
　바닥엔 주인의 손길을 구가하는 문짝이 오체투지를
하고 있다
　여기 적멸궁으로 모든 게 빨려들어갔다
　간혹 숲 그림자가 어른거렸지만 숲은 십 리를 걸어
야 나타난다
　수면엔 운판이 떠다니고
　새벽녘이면 가장 먼저 빨아들인 빛의 비명이 울렸다

멀리서 비틀거리는 몸을 끌고 순례 온 취객이 인신
공양을 한 다음날
　　민들레 꽃 피어 이 사원에 헌화를 하고
　　주위에는 신성한 금줄이 둘러졌다
　　토사가 밀려들어 좁아진 입구로 숨쉬다가
　　이제는 흔적도 없이 주차장으로 환생했건만
　　나는 가끔 찾아와 참배를 한다 그러면
　　내 안의 모든 부유물들이 이 별을 향해 일제히 넌출
거린다

들리지 않는 연주

공원에 서 있는 중년의 청동 사내는
바이올린을 켜는 듯 텅 빈 허공을 안고 있다
왼쪽으로 비튼 고개를 약간 숙이고
어깨에 쏟아지는 빛살은 황금현이 되어 떨린다
숲 뒤로 난 먼 길을 따라 걸어와
두 팔을 서서히 올리다 그만 굳어버린 사내의 마지
막 연주는
　사막의 어느 부족이 멸종되는 순간까지 읊조리던 달
빛의 가락이었거나
　高原에서 세상의 모든 비명을 끌어들이며 흔들리는
풍경 소리였거나
　비바람에 풍화된 목관이 사라진 줄도 모르고
　두 팔의 품으로 파고드는 별빛을 켜기도 했다
　때론 잠시 쉬어가는 철새의 날갯깃을 쓰다듬기도
했다
　불협화음처럼 문드러진 청동의 녹슨 손가락으로
　사내는 보이지 않는 음계에 매달려 있다
　언제부터 거기 서 있었는지 알 수도 없고

초연은 어떤 곡이었는지 가물거리기만 해

공원의 펫장보다 더 시퍼런 녹을 뒤집어 쓴 채

두 팔에 고여 있는 석양의 붉은 진혼곡을 뚝뚝 떨어
뜨린다

그제서야

공원을 어슬렁거리던 사람들은 제 갈 길을 알아챈다

移葬

한밤중에 나는 마루에 누워 있었고

어떤 신음은 귀 기울이지 않아도 들려와 머리맡에서
생멸을 고하고 있었다

무거운 텔레비전에 짓눌리던 문갑이

근육 찢어지는 소리를 내지르자

기다렸다는 듯이 장롱에서 둔탁하게 주저앉는 음울
한 비명이 울렸다

분명 햇살의 무게에 나른한 허리를 비틀던 숲의 시
절을 떠올리며

나뭇결이 휘는, 그래서 지금은 뿌리로부터 너무 멀
리 떨어졌지만

태양을 향한 직립의 기억이 나이테마다 새겨져 있는

억척스런 나무토막 주검들의 생장점은 아직 살아 있
는 것이다

저들이 밀어 올리며 견디는 게 하다못해 먼지 한 꺼
풀이라도

한때 소슬한 바람에 잎새를 목욕하고

멀리서 들려오는 개울물 흥얼거리는 노랫가락에 실

뿌리도 춤추며 뻗어 나가고
　봄눈 녹고 다시 봄눈 내릴 때까지
　단 한 송이 꽃이라도 피워 짝짓기를 하던 종족으로
살아날 수 없지만
　어두운 구석에서는 수십 년 만에 깨어나 흐느끼는
목재 선반
　괜찮다고 서로 위로하는 천형의 숲 속에
　나는 문득 누워 있었다

생은 슬쩍 피고 지고

신호를 기다리는 사이
길가에서 파는 개구리 장난감을 바라보며
주름살 그득한 그는 신기한 듯 입을 벌렸다
누런 금니는 더 이상 햇빛을 머금지 못하고
멀리 펼쳐진 가을 들녘이 수런거리기 시작했다
한 방향으로만 계속 맴도는 개구리의 자전거
그는 조금 뒤 벌린 입을 얇게 다물고 흐뭇해졌다
어디선가 뛰노는 어린아이들의 목청이 울린다
마당에 휑하니 남겨진 지난날들
너럭바위에 말리는 붉은 고추 냄새가 코를 찌른다
개구리가 그리는 원을 보며
그는 어느새 심각한 표정을 짓고 있다
자식들이 눈에 밟히는가 싶더니
차에 실은 물건을 오늘은 남겨가선 안 된다고
스산한 가을 나무 마른 잎 쓸리는 소리만 난다
곧 비가 올 것이다
회색 칠 하늘이 무겁게 짓누른다
신호가 바뀌고 그의 차는 느리게 원을 그린다

세발자전거

문 앞에 놔둔 세발자전거는
다음날이면 뒷골목 전봇대 아래에 가 있다
하루는 개울 건너 수수밭 사이에서 발견되기도 했다
누가 빌려 타고 놀았다면 길가에 있을 것이지
늘 요상한 장소에서 주인이 올 때까지
세발자전거는 고개를 모로 꺾은 채 넋 놓고 서 있다
달빛을 되새김질하며 밤을 새웠거나
어딘가로 떠나다 길 잃고 헤매는 듯
보름째 세발자전거는 나타나지 않는다 지금쯤
산마루에서 잠시 바퀴살을 고르고 있을지도 모르
지만
또는 사라진 주인집을 찾다 지쳐 어느 가로등 아래
서 졸고 있을지도
정작은 이 세상이 완구 공장에서 조립되다 만
손잡이며 안장이며 페달 같은 부품들의 환상통일지
어느 날 고철 더미를 비집고 나온 세발자전거 앞바
퀴는
철의 무덤을 아랫배에 매단 채 허공을 구르는 중

솔개에 대하여

이제 솔개에 대해 말할 때가 되었다
고백은 또는 폭로는 갑자기 터져버린 목화 같은 눈
물은

늘 창공을 맴돌 뿐이었다 홀로 바라보던 이정표 너
머로
바람에 날리는 낙엽보다 더 빛바래고
해 질 녘 창가보다 더 고요해서

어느 사원 툇마루에 앉아
텅 빈 마당을 수없이 깁고 수놓는 햇살을 바라볼 적
에도
내 몸뚱이도 한 오라기씩 풀리어
낡은 누각 비바람에 지워진 희미한 초상화처럼 사라
져갈 적에도
지평선에서 지평선으로 솔개는 후광을 그리었다

그러니 솔개는 오래전에 죽었던 것이다

・비 내리는 신작로에서 그녀를 안는 순간

　──그건 일찍 끊기는 막차에 그녀를 태우기 직전이
었다

　순식간에 하늘이 개고 붉은 노을이 흘러내렸다

　나는 문득 구름 끄트머리로 빠져나가는 솔개의 꼬리
깃을 보았다

　그러니 솔개는 오래전에 죽었던 것이다

　노을에 불타는 燒紙 처럼

　길 떠난 지 수수억 년 된 바람에 흩날릴 뿐이었다

선운사 찻잔

다 털어내고도
휘감기는 하늘빛마저 물리치며 비쩍 말라버린
감나무 서 있는 뜨락에는 햇볕이 고즈넉한데
돌계단 건너편 동백나무 숲엔 비가 내린다
황무지와 水國의 경계를 뚫고 넘실거리는 붉은 꽃잎
피안은 저렇게 물기 차오르는 동백나무 숲처럼 마주
섰다
나무 아래에 서면
굵은 가랑비 하늘 가리고 우거진 잎새에 걸러져
안개비 모양 엷어지더니
소슬한 봉분처럼 둥근 나무 품 사이를
너울너울 날아다니는 중이다
차 한 잔 우려내려고 천지간 기운이 참 요란하다
그러고 보니 얼마 전에도 보름달이 떴는데 오늘도
보름달이다
나머지 그믐을 향해 기우는 봄밤은
동백나무 숲 우듬지에 씁쓸히 담긴 채

유리 유리

저녁이 되어 나는 베란다 유리 속에 들어앉는다
점묘화처럼 촘촘히 밀려드는 어둠에 파묻힌다

딴은 산책길에 하늘거리던 들풀이
세상을 한 송이만큼만 피워 올려도
지구는 수만 킬로미터를 달리고 가을은 겨울로 치닫
는다

또는 저 몰골이 유리 속에 조용히 피워 오를 때까지
바다를 떠난 구름은 사막에 이르러 한 알갱이 소금
이 되고
흩날리던 먼지는 백악기 지층을 살짝 높인다

한밤 내내 유리 속에 살다 사라지고 다시 사라지고
그사이 늙어가는 저 몰골도
어딘가에 쌓아놓은 세월이 있겠지

저녁이 되어 나는 홀연히 살아난다

먼 훗날

밤바다 서늘한 바람 쏘이고 딸애 기침이 도졌다
남십자성 점멸하는 별빛 사이로 돋는 밭은기침
자신을 병들게 한 오늘을 커서도 잊지 않을 수 있
을까
딸애가 기억하지 못하는 시대에 나는 살고 있다
그러니 깊어가는 病歷 최후의 난에 나는 이렇게 기
록해야 한다
오늘까지 살았다는 흔적 없음 그리하여
언젠가의 나는 막 깨어난 듯 꿈결을 더듬어
다시 이 혹성에 찾아와
남십자성 점멸하는 별빛 사이로 나타났다 사라지곤
하는
쓸쓸한 가족을 떠올려야 한다
바다를 바라보며 다 같이 빠져 죽자고 되뇌던
서툰 웃음이 어디로 가버렸는지에 대해
이 늙은 혹성이 어떻게 사라졌는가에 대해
해안에 뒹구는 자갈들은
얼마나 먼 데서 흘러든 혹성인가에 대해 떠올려야

한다

　그때 나는 이미 먼 훗날을 기억해낸 거라고 말해야
한다

　딸애 기침 소리에 퍼뜩 떠오르는 먼 후생을

은행 따는 오후

시월의 일식은 이렇게 끝난다
은행이 떨어진 자리마다 햇살이 새어 나왔다
며칠 뒤에 잘려나갈 운명을 나무는 이미 짐작한 것
이다
진즉에 밑둥만 남은 옆의 대추나무가
그해 마지막 가을에 가장 많은 열매를 토해냈듯이
나무는 벌써부터 오솔길 가지를 펼쳐놓고
창공으로 번져나간 실핏줄로 자신의 추억을 불러들
인다
철새의 발부리에 남아 있을 수만 년 동안의 계보와
묘목의 뿌리에 처음으로 쏟아지던 그만의 聖水를
먼 훗날 살아 있다면 더 자라난 이마에 닿을지도 모
를 새벽별의 온기를
갑자기 몰려오는 소낙구름에
수런거리기 시작하는 오솔길 따라 뿌리까지 끌어들
인다
나무에 올라가 팔다리 벌리고 은행을 따던 늙은 아
버지는 어디로 사라지고

나무는 좀 더 부풀었다

은행을 줍다 말고 나 역시 밑둥만 남은 은행나무에
올라선다

常春 휴게소

옥산에서 청원 사이 겨우 오 분 머물렀던 휴게소는
여전히 객을 들이고 있겠거니 봄날은
지난 며칠 새 자취도 없이 주린 뱃속으로 벚꽃을 삼
켜버려
나는 그 휴게소로 꾸역꾸역 물결쳐 몰려가는 하얀
꽃잎을 본다
벤치에 앉아 있는 사월의 웅숭깊은 허벅지가 가지런
히 고여 있다
기념품 가게에는 햇살이며 말라붙은 바람이며 순장
품이 널렸고
누군가 놓고 간 넋은 분실물 보관 창고에서 두고두
고 육신을 기다린다
그리하여 여름 가고 겨울 가도 휴게소는 성업이다
눈발을 헤치고 들어서면 막 물오른 버들개지가 하늘
거리고
얼어붙은 입김 속으로 들여다보면
심심하여 이리저리 쏠려다니는 배꽃
한 생애 도배하고픈 무늬가 눈앞을 어지럽힌다

벌겋게 달궈진 화심처럼

죽은 봄날을 들이며 서글피 떠도는 홍등처럼

마른 들꽃 향기

비릿한 빗줄기 사이로
마른 들꽃은 생각난 듯 고개를 들었지
이슬 담뿍 머금은 가을 아침이면
한세상 건너가던 넋들도 괜시리
미련에 미쳐 꽃잎만 휘날렸지
그때 눈부신 꽃 한 잎 달라붙어 따라간 뒤
지금쯤 누군가의 꽃점으로 피었을까
마른 들꽃 잠시 살아나 제 몸의 향기를 맡는다
이 메마른 향기
언젠가 안겼던 품에 흐르던 따사로운 체취

돌 속에 내리는 비

옥잠화 넓은 잎 들쳐 보면
그 속에 앉아 새참 먹던 아버지
무슨 일인가 하고 뒤돌아본다
귀룽나무 옆을 지날 때는
간밤에 떠올랐던 별이 잎새 사이에 모여
주섬주섬 챙기지 못한 빛살을 거두고 있다
다들 떠나지 못하고 머물러 있구나
아침나절부터 비가 내려 한 가닥 한 가닥
땅에 하늘을 이어놓는 사이
멀리 지평선에선 노을이 가늘게 벌어져
건너 세상이 설핏 보인다
바깥은 이미 맑게 갠 모양이지만
여전히 돌아가신 아버지는 새참을 먹고
돌아가지 못한 별빛은 길바닥에 나뒹군다
온전히 마르려면 아직 멀었다

새벽 네 시의 筆寫

잠시 후엔 죽은 달이 떠오른다
정말 죽은 달인지는 먼 훗날에야 밝혀지지만
그것은 또한 십사 년 전에 사라진 달이다
그날 나뭇가지에 앉아 굳어 있던 산새
전조등은 어둠 속에 터널을 뚫고
차에 치인 개의 양통에서 쏟아진, 채 삭지 못한 밥
덩이 김이 솟았다
식은 쇳덩이같이 나뒹굴던 새벽 네 시
이제 저수지의 시체처럼 죽은 달이 떠오른다
이 순간에도 건넌방의 여자애는 잠옷을 입고 걸어다
니는 몽유를 시작한다
이 순간에도 다년생 진달래는 초경 같은 꽃잎을 비
춘다
지구력 사십육억만년, 이 순간에도 어느 나무엔 다
리가 생겨난다
새벽 네 시는 새벽 네 시와 통한다
누군가는 아무도 보지 못할 멸망을 기록 중이고
좁은 책상 앞에서

혹은 이 원시적인 시대의 단칸방에서
나는 푸른 새벽의 등사판에 철필을 긁는다
北天엔 죽은 달이 떠오른다
살아 있는 사람은 그 달을 볼 수 없다

遺民

저 고목은 지난가을에 죽었다

지난가을 쓸쓸한 늑골을 빠져나온 바람이 저렇게 새겨진 것이다

빨갛게 녹슨 단풍나무 밑에서 나는 빗장처럼 질려 있었다

막다른 골목에서 마주친 친구에게 건넨 말은 작별 인사쯤이었다

추억은 선택의 여지가 없다 그리하여 내가 지워버릴 수 없는

무수한 절망들 암매장시킨 전날의 꿈

미장원에서 훔쳐본 깊은 앙가슴보다

국도에서 칠 뻔한 고라니의 눈매를 잊을 수가 없었다

적어도 좀 전에 들렀던 구멍가게 나른한 여인네는

담뱃값으로 떨어뜨린 동전에 묻은 내 체온을 느꼈을지 모른다

그러나 이 계절 다음엔 무엇이 남을 수 있겠는가 싶었다

골산을 파고들던 등산객은 다시 내려오지 않았고

며칠째 옆집 가족은 밖에 나온 적 없다
나는 가을이 닫히는 소리를 들었다 나는
단풍나무 빨간 녹물에 삭아내리고
날카로운 햇살에 삭정이 같은 사지가 찢기길 바라며
온전한 유적으로 법당이며 개척교회가 무너지길 바
라며
지하철은 매일 사람의 알을 슬고 마는
결실의 계절에 홀로 갇혀 있다

저 고목은 지난가을에 죽었다
쓸쓸한 늑골을 빠져나온 바람이 저렇게 마른 가을을
새겨놓았다

서른다섯번째 經夜

아까부터 부스럭거리던 비탈 너머로는
누누이 묵은 고요 속으로 별빛이 빨려들어가고 있
었다
해발 九百미터에 수직으로 내리꽂힌 나무들 사이
은은한 생풀 내음이 번져오고
발밑에 구르는 이 낙엽은 가을 숲에서 쏟아져 나온
뭇이다
허연 머리를 풀어 헤친 달의 둔부를 바라보다
문득 햇살 부서지는 어느 저수지
빗금을 그으며 날아간 새의 황금분할
그렇게 잘려나간 그녀의 뒷모습이 떠오르고
숲을 가로질러 달빛 사이에 잠긴 섬처럼 가라앉는
방이 있다
방은 방으로 통하여 어느 시대부터인지
반듯이 누워 있는 나의 後生이 잠시 펼쳐져
다시 비탈 너머로는 별빛이 빨려들어가며 처절하고
은은한 비명을 지른다
밤은 가장 소름 끼치는 소리를 골라 영혼을 불러온다

차가운 숨결이 결코 산 것 같지 않은 일행은 오래
전에 잠들었고
　대신 늙은 나무의 생장점에선 바람의 날개가 돋는다
　하룻밤 길을 인도했지만 밤은 새어오거나 상여처럼
은 떠나지 않았다

슬픈 득도

마당엔 아침 햇살이 한 숫국 담겼다
밤새 꿈속에선 들판을 달렸는데
다가갈수록 멀어지던 지평선이 마당에 누워 있다

이곳에 와본 기억이 나지 않느냐
꽤 오래 묵은 목소리 설핏 지나간다
방금까지 새가 앉았다 날아갔는지
마른 나뭇가지 떨고 있다

그러나 다음날에도 떨고 있는 나뭇가지
나와 홀로 마주 선 저 독경
하루 종일 거니는 마당은 왜 이다지 슬픈가
나는 햇살에 잘 말라간다

이곳에 와본 기억이 나지 않느냐
밤새 꿈속에선 들판을 달렸는데
마당엔 죽은 지평선이 쓰러져 있다

逍遙遊

떨어지지 않는 빗방울도 저 중에 섞여 있다

생긴 지 오래되었으나 여전히 물의 날개를 지상으로
기울이지 않는다

다만 산등성이에 기둥처럼 펼쳐진 비안개를 떠올리자

옆구리로 늙은 바람이 지나간다

내 새로 생긴 추억이 안개 기둥 속에 잠들었던 바람
을 불러낸 것이다

하염없는 설원을 생각할 때는

마당에서 때늦은 동백꽃이 피었다

허리를 베이고 죽은 대추나무를 그리워하면

한밤중에 지붕으로 후드득 후드득 대추알 떨어지는
소리가 나고

무인도에서 뱅어돔 낚는 새벽은

붉은 태양보다 살아온 날들로 뭉뚱그려진 新星이 앞
서 떠오른다

밤엔 아주 느리게 떨어지는 소나기가 왔고

동시에 나는 이 혹성에 불려온 듯 잠에서 깨어난다

처음 보는 아침이었다

배경

잊었던 노랫가락을 다시 들은 것은 주유소에서였다
주유소 뒤켠 들판에서 간간이 들려오는 산새 소리를
비집고
한 소절 끊어진 절규처럼 새어 나온 노랫가락
서둘러 카스테레오 주파수를 찾으며 이십 년을 거슬
러 올라간다
문득 떠올릴 추억이 있는 사람들은 모두 한 소절로
남겨진 노랫가락이다
부드런 바람의 활이 귓불을 탈 때 신음을 흘리거나
빗물에 젖어 영원히 떠오르지 않는 건반의 우울
때론 불협화음 같았던 물안개 속을 거닐기도 했지
마치 천사의 나팔처럼 천공에 매달린 스피커에서
하염없이 흘러나오는 물안개 속을
먼 산에선 이십 년을 참았던 아카시아 꽃이 한꺼번
에 피기 시작했다
동시에 나는 누군가가 떠올린 한 소절 노랫가락
주유를 끝내고 가버리면 잊혀지는 어느 국도 변의
주유소

이십 년을 거슬러 와버린 들판

간간이 피어오르는 물안개, 결코 사라지지 않는

나는 희미하게 잡히는 주파수 속으로 차를 달린다

북벽 연대기

내 지향점은 늘 북반구로 향한다 자성에 이끌리듯이

그곳에 거대한 절벽이 서 있다 시간을 뚫고 솟은 망
각의 벽
한 귀퉁이에 강의 흔적이 남아 있다 은하를 탁본하여
남에서 북으로 천구를 가로지른 삼백 억의 태양이
흘러간 흔적이 새겨 있다
나는 안다 북벽의 뿌리와 마천루 사이는 고단한 영
혼으로 채워야 할 여백이라는 것을
작은 틈바구니에 겨우 둥지를 튼 이 간빙기가 단 한
줄 그어진 퇴적층인 것을
북벽을 생각하면 이미 북벽에 이른다
미래를 꿈꾸자 모든 과거가 생겨나듯

1. 고생대

새벽에 일어난 P씨는 밭으로 나가 살충제를 뿌렸다

벌레는 죽여야 할 존재였다 P씨는 새참을 먹고 다시
흙을 다져주었다 오후에는 텔레비전을 뚫어지게 바
라보았다

P씨는 연립주택에 살고 있다 반지하에 사는 동생
네가

반찬거리를 갖다 주었다 P씨는 밭을 김매다

죽은 배추벌레를 발견했다 저녁에 동생네 집에서 반
주를 걸친

P씨는 어두운 계단을 걸어 현관 앞에 섰다

감지기로 자동 점등된 백열구 불빛이 P씨에게

뿌려졌다 신화 시대에서 그리 멀리 오진 않았다

2. 성스러운 시간

그녀를 안고 깊은 잠에 빠진다

삼십 년 전에도 그녀의 품에서 잠든 적 있다

좀 더 거슬러 올라가 천 년 전에도 그녀와 깊은 잠

에 빠진 적 있다
　그녀와 잠에 든 순간만큼은 언제나 똑같다
　깨어나보면 그녀는 보이지 않았다
　아무도 없는 아침에 늘 혼자 깨어난다
　하루 동안 새하얗게 늙어도
　아침이면 생의 처음으로 돌아와 있다
　늘 그녀의 품에서 죽었다 살아난다 불멸의 시대다

　3. 미래계

　산 너머 깊은 골에 손바닥만 한 땅뙈기가 있다
　약초를 심어놓고 가끔 찾아간다
　지나가는 바람만이 알고 있는 은밀한 장소에
　갈 때마다 영혼을 조금씩 떼어놓고 온다
　비 피할 움막을 지어놓고 책도 한 권 갖다 놓았다
　심심할 때 읽으라고
　내 모든 기억까지 옮겨지면

거기서 느릿느릿 산보하라고
서툰 산길을 다져놓았다
하루는 땅뙈기가 조금 움직인 듯했다
땅은 어디론가 흘러가는 중이었다
그리하여 긴 여정이 끝나는 날
세상엔 손바닥만 한 땅뙈기만 남을 것이다
영혼이 거니는 신전만 남아
잊혀진 인류를 명상할 것이다
늙은 까마귀가 날아오길래 나는 약초 잎을 부리에
물려준다

4. 先캄브리아기

── 지구의 나이는 대략 47억 년 정도인데, 최초
의 생명체가 야트막한 웅덩이 속에 모습을 나타낸
것은 27억 년 전이다. 광합성 작용을 하는 식물의
가장 오래된 화석은 약 25억 년 전 것으로 추정된다

나무의 헝클어진 머리는 가장 진화한 형태의 前頭葉
이다
　오랜 사색의 결과로 나무는 지층에 뿌리를 내리고
살기로 결정했다
　태어난 자리에서 죽음을 맞이한다
　죽음은 나무의 몸을 입는다 나무는 죽음 이후에도
산다
　25억 년을 그렇게 온통 빛을 빨아들이며
　자신의 존속에 대해 계절마다 해탈하며
　바람이 스치는 게 아니라 바람 속을 헤엄치는 거라네
　그냥 서 있는 게 아니라 몸속에선 억겁이 흐르고 있
다네

　5. 天長地久, 하늘과 땅은 영원한데

　옥상에 올라 불타는 노을을 본다

108

옥상에 올라가 불타는 하루저녁에 몸을 담근다

옥상에는 시들어 죽은 화초가 박제된 채 화분에 꽂혀 있다

불사조처럼 죽어야 사는

불사조처럼

*

당신은 별빛의 화석이다

별은 죽을 때 가장 반짝이고/당신은

가장 빛나며 가장 먼 저편으로부터 간신히 찾아온

지울 수 없는 상흔이다/그러나 슬퍼하지 않는다

나는 당신의 화석이므로

神市

마을 경계에선 늘 강철 비가 내린다
강철 성분의 구름으로 뒤덮인 창공을 뚫고 날아가던
새는
즉시 은색 도금된다
구름의 유전자는 나무로 전이되어
단풍은 언제나 붉은 녹이 슨다
마을을 빠져나가려는 모든 꿈은
어떤 체위로든 데스마스크처럼 굳어 영원한 봉인의
이정표가 돼버린다
神性은 죽음으로 지켜진다

1. 파괴영혼

아침 아홉 시면 K는 어김없이 라디오 볼륨을 최대
한 높인다
고물을 모아다 파는 K는 주변 연립주택 창문으로
강력한 트로트를 투입시킨다 항의는

110

정확히 십 분 만에 묵살되어 처참히 처형당하고

쓰레기를 뒤지러 나간 사이에도 K의 용병은

온몸의 신경계를 파열시키는 음파 생화학 무기의 위
력을 과시한다

아침 아홉 시 이후 나른한 햇살을 즐기며

무위의 해안을 도식하는 주민들의 영혼은 갈갈이 찢
겨나간다

K는 순식간에 흩어진 영혼들의 전리품을 수거해
온다

K의 전략은 치밀하여 저녁 일곱 시까지만 이루어
진다

밤 동안엔 라디오를 틀지 않는데

그건 밤새 영혼을 재생해 낮에 재활용해야 하기 때
문이다

2. 별장별곡

별장은 쇠문으로 굳게 닫혀 있었다

외곽을 두른 가시철망에 엉긴 장미, 날이 곤두선 꽃잎에 핏빛이 배어 있다

그녀와 나는 별장에 몰래 들어가 연못을 구경하곤 했다

난생처음 보는 금붕어가

멸종되지 않은 채 수만 년을 살아온 듯 연못 바닥에 가라앉아 있었다

마을에 전해지는 전설에 따르면

북쪽으로 구만 리를 가면 지느러미가 요란하고

비늘마다 금속으로 수놓인 물고기가 사는데 이름을 함보지어라고 한다

함보지어를 먹으면 구토가 멎는다

어느 날은 별장지기에게 들켜 철망으로 기어나오다 등에 상처가 나기도 했다

그녀와 나는 오랫동안 웃었다 그렇게

그녀에 대한 추억이 멸종되지 않은 채 내 가슴에 가
라앉아 있다
　그녀는 누군가를 따라 북쪽으로 가버렸지만
　때로 연못가를 서성이는 나는
　결코 사랑에 대해 구토하지 않는다
　나는 멸종하지 않는다
　얼핏 금붕어 등에 난 상처 자국이 햇빛에 번득인다

　3. 징후

　마을 어귀에는 꼿꼿이 서서 말라 죽은 버드나무가
있다
　까치가 둥지를 틀었지만 알은 부화되지 않았다
　복개천 공사를 마치고 돌아가던 인부들은
　아까까지 보이던 김씨가 안 보인다고 했다
　그 후로 김씨는 영영 나타나지 않았고
　원래 그런 사람은 없었다는 증언이 나오기 시작했다

오래된 폐가에 편지를 배달하며
집배원은 누가 읽긴 읽나 보다고 중얼거린다
바람은 해독할 수 없는 문자 모양으로
폐가의 마당에 이리저리 구부러졌다
혹은 아직도 예산댁이 살고 있어 장독을 푸는 거랬
지만
집 나간 자식네가 돌아왔을 때
마을엔 인기척이 없었다
인부들과 집배원과 마을 주민들은
그간 김씨나 예산댁이 가끔 추억해낸 먼 시절이었다

4. 신은 마을을 떠나다

창문으로는 능선을 타고 오르는 등산객이 보인다
일요일마다 羽化登仙을 꿈꾸는 저들의 코스는 늘 일
정하다
정자를 돌아 약수터에 이르고

주춧돌만 남은 절터를 맴돌다 산봉우리 정상에 오
르면
멀리 서해의 가물거리는 밀물이 보인다
그러고는 다시 약수터에 들러 물을 마시고
빠른 걸음으로 마을로 잠적해버리는

어쩌면 옛날부터 전해지는 秘傳일지도 모른다
모두 神仙道를 구하는 코스를 밟으며 살아간다
신이 떠난 마을에 남겨진 유일한 생존 본능에 따라
저들은 언제나 산을 타고선 내려온다

中原을 떠도는 유랑혼

이 강물은 여지껏 우륵의 12곡을 연주한다
다만 가야금 소리는 무수히 자맥질하는 햇살의 번득
임으로 바뀌었지만
물살은 바람의 현에 하염없는 적요를 풀어낸다
탄금대 늘어진 강물을 새로 듣는다

1. 33층 城에 이르다

산중 리조트에 배수진을 치기로 하고 방을 묻는다
한 천 년 전에 묵었던 방에 꼭 다시 들고 싶다고
벨보이는 난감해한다
그 방은 이미 당신이 묵고 있지 않냐고
내가 찾아온 자리에 누군가가 살고 있다니
아무것도 예약하지는 않았다
성벽에 머리카락처럼 늘어진 현수막에는 환영이라
고 씌어 있었다
나는 방이 비기까지 다시 천 년을 기다린다

2. 生極

생극으로 가는 길을 묻자
구부러져 언덕으로 달아난 국도를 가리킨다
작달막한 사과나무가 가로에 늘어져 있고
가을은 비수처럼 들녘에 꽂혔다
최신 자가용이 주차한 마당 뒤엔 재래식 뒷간이 앉
아 있고
거름으로 쓰이는 잿더미엔 지게가 비스듬히 섰다
세월은 저렇게 버려졌구나
마을을 빠져나오다 멀찌감치 산모퉁이로 사라지는
옷자락을 얼핏 본다
지난해 장롱 속에 처박아둔 내 겨울옷이다
새삼 생극을 휘둘러본다
느티나무 아래 아직 불씨가 남은 꽁초와
차갑게 식어가는 태양이 떨군 한 조각 온기와
내륙으로 불어오는 바람이 흘리는 쓸쓸한 객창감

이 마을은 이미 지나간 내 생애의 절정이다
늘그막해진 길을 따라 다른 시대로 향한다
그곳에도 내 흔적은 벌써 기다리고 있을 것이다

3. 후생

충주호에 이르러 낙엽비에 젖는다
붉은 낙엽비는 손바닥만 한 심장 모양의 낙엽으로
가슴을 짓누르고
노란 낙엽비는 한없는 아득함 속으로 몸을 빨아들
인다
그해 병원 뒤뜰에는 커다란 은행나무가 노오랗게 질
식하고 있었지
3억만 년 전에 나타나 지금까지 살아남은 나무치곤
너무도 당당한
아니, 담장 너머 서 있는 암나무를 바라보는 희망으
로 사는

그 노쇠한 나무를 보면서 너는 소원을 빌었지
굳어가는 팔에 수액을 가득 채우며 너는 나무가 되
고 싶어 했지
충주호에 이르러 너를 만난다
낙엽을 끌어안으며 호수는 엷은 물살을 일으키고
그 밤에 멀리 흐르던 無心川은 하염없이 범람했다

4. 중원에 뜬 초생달

천공에 떠 있는 객잔 장호원으로는
별빛마저 빨려들어가 다시는 나오지 못한다
객잔에서는 사방에서 모인 손들이
묵묵히 곡주에 익어간다
창문으로 구석진 자리에 앉아 고개 숙인 사내를 발
견한다
사내는 밤새도록 자리에서 일어서지 않는다
저 거대한 술독에 나 대신 추억이 볼모로 잡혀 있다

이젠 스스로 중원을 벗어날 길을 찾아야 한다

이 시대가 그리울 것이다

바람의 사계

겨울

가로등 불빛에
부나비처럼 눈이 흩날린다
잠시 서 있는 사이 온몸에 눈이 쌓이고
갑자기 멀리 사는 그대 체온에 살이 녹는 듯하다
등 뒤로부터 훅 불어오는 바람결에
쌓였던 눈 흩날리고
나는 흰 뼈만 남는다

봄

병동에서 내다보이는 수양버들
바람의 올을 풀어 소살거리는 늦삼월 뜨개질하다
마른 나뭇가지 투둑 부러진다 결코 소생할 수 없는

나무에서 바람이 불기 시작한다

태양을 따라 그윽하게 흰 등을 타고 살짝 들썩이는 기미 보이다

뿌리에서 뽑아 올린 그 소스라치는 경련이 비명을 지르며 나무를 빠져나간다

조금 뒤 길 건너 나무 역시 똑같은 몸짓으로 움찔거린다

살아난다는 것은 어디론가 떠나는 일이다

아마도 태양계쯤은 벗어날 수 있겠지

싸늘해진 네 침대 시트에 그토록 오래 누워 가라앉은 마른 등뼈 자국

바람처럼 일어나 어느 울창한 숲에 이르러 파닥거리려나

바람의 뼈는 그새 푸른 잎새를 기워 입는다

여름

위쪽으로 가면 여름이 나오는데 炎夏라고도 부른다

염하는 이글거리며 타오르는 살갗을 갖고 있다 혹여
천둥소리 내며 눈물 흘리면 사람들은 장마 진다고
했다
　지금은 모진 가뭄이 들어 기우제가 끊이지 않지만
　한때는 이곳이 푸르른 오아시스였다고 전해진다
　거대한 뱃머리가 꽂혀 있는 모래산을 성지로 여기며
　지층에서 튀어나오는 물고기 화석을 장생불사의 약
으로 쓴다
　그리하여 염하의 사람들은 등에 비늘이 돋기 시작
했고
　모래풀 자라고 모래강 펼쳐진
　사막을 헤엄치며 모래를 마신다
　염하에는 모래바람만 우글거린다

　가을

이 땅엔 가을이 없다

단풍이 물들고 시리도록 파란 하늘 떠오른 적도 있
었지만
낙엽 밟으며 찾았던 단풍나무 숲엔
덩그러니 바람만 웅크리고 있을 뿐이다
내게 남아 있는 가을의 기억이란 방금 전에 생긴 건
지도 모른다
바람 속으로 들어가면 코스모스 핀 들길이 펼쳐 있어
잠자리 높게 낮게 날아다니고
짚가리 올리던 아버지 아무렇게나 주저앉아 막걸리
잔을 기울인다
논둑에 깜빡 졸던 나만 빼놓고 다들 여기 와 있었
구나
바람을 빠져나오자 어깨에 코스모스 꽃잎이 묻어
있다
딸애는 가을이 무어냐고 물었고
나는 모르는 계절이라고 말한다
내게 겨우 남아 꽃잎만큼 펼쳐진 가을

적멸과 불멸

박 주 택

　윤의섭은 그의 첫 시집『말괄량이 삐삐의 죽음』에서부
터 두번째 시집인『천국의 난민』그리고 이번 세번째 시집
에 이르기까지 삶의 원천으로서의 죽음 혹은 죽음의 원천
으로서의 삶을 끈질기게 묘파한다. 그에게 있어 삶은 삶
그 자체가 아니며 죽음 역시 죽음 그 자체가 아니다. 삶이
곧 죽음이요, 죽음이 곧 삶이라는 순환론적 원융의 정신
속에는 과거와 현재, 꿈과 현실, 자아와 세계가 서로 충돌
하면서 소용돌이친다.

　우울이 짙게 깔려 있는 정조, 암울한 이미지, 자의식적
인 개인 상징, 생을 해석하는 예지적 시선 등은 윤의섭 시
의 중요한 구성물들이다. 그의 시는 무의식과 만나 몽환
적이고도 신비적인 분위기를 자아낸다. 이 신화적인 분위
기는 시간과 공간, 생의 체험과 세계 인식을 만나 빛을 발

한다. 현실과 충돌한 시적 원광(圓光)이 '환상'을 영역화한 뒤 그것을 다성적이고 입체적으로 그리고 있는 윤의섭의 시는 행과 행, 연과 연, 제목과 주제, 환상과 현실, 나아가 형식과 내용을 충돌시켜 인식과 사유의 지평을 한껏 확대시켜놓는다.

윤의섭 시의 기본 인식은 인간 의식의 복잡성과 심층성 그리고 무한성에서 출발한다. 그의 시는 명료성과 단일성, 규정성이나 귀결성과 같은 자명한 법칙들을 거부한다. 그에 의해 사물과 세계는 주체의 경험적 내부 인식과 만나 재해석되고 재생산된다. 그는 대상에서 근원을 선택한 뒤 그것을 자신만의 언어로 구조화하여 의미를 새롭게 창조한다. 자신의 심층 내부에서 흘러나오는 상상력의 빛을 어둠에 쌓여 있는 외부에 투사시켜 미의미(未意味)를 의미로 바꿔놓는 그의 시는, 대상과 실재 속에 도사리고 있는 파열된 삶을 생동감 있는 언어로 노현(露顯)시킨다. 그의 이 같은 시법은 윤의섭 시의 발생 기획이자 존재 기획이다.

　　내가 이 해안에 있는 건
　　파도에 잠을 깬 수억 모래알 중 어느 한 알갱이가 나를 기억해냈기 때문이다
　　갑자기 나타난 듯 발자국은 보이지 않고
　　점점 선명해지는 수평선의 아련한 일몰

언젠가 여기 와봤던가 그 후로도 내게 생이 있었던가

　내가 이 산길을 더듬어 오르는 건
　흐드러진 저 유채꽃 어느 수줍은 처녀 같은 꽃술이 내 꿈
을 꾸고 있기 때문이다
　나는 처녀지를 밟는다
　꿈에서 추방된 자들의 행렬이 산 아래로 보이기 시작한다
문득
　한적한 벤치에 앉아 졸고 있는 나를 발견하다

　바다는 계속해서 태양을 삼킨다
　하루에도 밤은 두 번 올 수 있다
　그리하여 몇 번이고 나는 생의 지층에 켜켜이 묻혔다 불
려 나온다　　　　　　　　　——「꿈속의 생시」 전문

　윤의섭에게 있어 주체는 사물과 세계에 대한 성찰자일
뿐만 아니라 자신을 타자화시킨 뒤 타자화된 자신을 끊임
없이 위협하고 공격하는 자, 다시 말해 자신과 세계의 정
체를 확인시키려는 새로운 해석자로서의 주체이다. 윤의
섭은 해석자로서의 주체를 위해 생 뒤에 도사리고 있는 불
안한 영혼들의 그림자를 적시한다. 그것은 그의 시가 분
열된 주체 속으로 끊임없이 흘러들어오는 의미들에 민감
하게 반응하며 그것의 본래적 핵심에 도달하려는 그의 의

지를 표상한다. 생 속에 엄폐되고 포개져 있는 불안의 그림자를 환각의 언어로 그려내며 강렬한 상상력이 무의식적 기층과 만나 생의 새로운 가치를 정합하고 있는 그의 시는, '물'의 이미지를 시의 저층에 끌어들여 경험의 지속과 흐름, 혹은 사유의 운동을 실재화한다. 그에게 있어 '물'은 '흐른다'라는 시간의 의미뿐만 아니라 시인 자신의 내면 운동이라는 측면을 동시에 지닌다.

이번 시집을 관류하고 있는 '물'의 이미지는 평화와 신성의 존재로 현현한다. 육체와 영혼을 이루면서 출렁거리는 액체들—저수지, 우물, 바다, 肉水, 찌개, 술, 물김치 등에 대한 그의 연상적 반응들. 그리고 떠오르다, 썩다, 취하다, 엎지르다, 넘치다 등의 역동적이고도 실체적인 어사. 이들 모두는 파동치는 것, 흔들리는 것, 흐르는 것이라는 사유 운동과 포개지면서 저장되었던 기억이 재생되고 그 재생된 기억에 의해 과거와 현재는 유의미하게 치환된다.

앞의 시 「꿈속의 생시」에서 '바다'는 삶 속에 은폐되어 있거나, 억압되어 있는 기억과 삶의 발자국을 떠올리는 존재로 작용한다. 그리고 "파도에 잠을 깬 수억 모래알"은 생의 자취로서의 "발자국"을 사라지게 만들고, 소멸적 세계에 들게 하는 "아련한 일몰"은 시적 주체의 닫힌 회로를 열게 하여 "언젠가 여기 와봤던가 그 후로도 내게 생이 있었던가"라는 절박한 존재성을 인식하게 한다. "꽃술이 내 꿈을 꾸"고 "한적한 벤치에 앉아 졸고 있는 (내가) 나를 발견"한다는 것은 현실과 환상, 자아와 대상 등이 서로 뒤섞여 주체로 하여금 '생 속의 죽음 혹은 죽음 속의 생'이라는 근원적인 인식에 더 다가서게 하는 것이리라.

모래 알갱이가 나를 기억해내고 유채꽃이 내 꿈을 꾼다는 것, 그것은 시적 주체와 대상의 위치가 전도된 형태이다. 이는 "내"가 "졸고 있는 나"를 발견하는 데에서도 목격되는 것으로 이를 통해 주체는 몇 번이고 "생의 지층에 켜켜이 묻혔다 불려 나온다." 무의식과 접촉하여 의식의 질서를 거느리고 있는 윤의섭의 시는 죽음의 힘이 스민 아버지(「저녁 식사 풍경」, 『말괄량이 삐삐의 죽음』), 얼굴에 곰보 자국이 다닥다닥 뚫린 어머니(「외디푸스의 달」, 위의 책), 잡초만 무성한 내 사원(「부석사 붉은 자두」), 좁은 책상과 원시적인 시대의 단칸방(「새벽 네 시의 筆寫」) 등의 유폐를 거쳐 지상의 지복(至福)으로부터 추방된다. 지복(至福)으로부터 추방된 그는 자신만의 광활한 영토를 개간하기 위해 환상통을 앓으며 허공을 구르기도(「세발자전거」)하고 오래전부터 시작된 초혼제(「기억의 그물 밖」)를 올리기도 하고 자신의 뿔을 북극성에 걸어놓기도(「아, 티벳」) 한다.

이처럼 윤의섭 시는 "붉은 달이 미친 듯이 궤도를 돌"고 있는 것과 같이 균열 주체와 관계한다. 균열 주체는 삶을 균열과 불안으로 몰아넣는다. 이 균열과 불안은 불확정적인 것을 지시하며 흘러가버린 시간과 함께 파동치며 과거와 현재를 갉아먹는다. 따라서 미래는 현기증 나게 삶의 밑둥을 파고들며 절망을 확정짓는다. 그리고 이 절망은 불균형, 불화, 망각, 불신과 같은 온갖 장애를 거쳐 내면의 병을 악화시킨다. 윤의섭에게 있어 고요한 자신으로 돌아가는 제의(祭儀)는 이토록 가혹하다. 그리하여 시인은 "현생을 지우며 폐허를 낳"(「사막의 모텔」)다가 "깊어가는 病歷 최후의 난에 오늘까지 살았다는 흔적 없음"(「먼 훗날」)이라고 기록한 뒤 결국 "이 설국에서 나는 추억이"(「눈길」)며 "멸망 이후가 아름다울 수도 있다"(「바다 속의 나무」)라는 비명과 흐느낌에 사로잡힌다. 발자국이 나무 밑에서 끊어져 인적이 없는 세계(「雪國」)가 골수를 뽑아 올리(「눈바다」)고 흰 뼈만 남(「바람의 사계」)은 윤의섭의 시는 그러나, '비'와 만나면서 그 메마른 내면에 활기를 찾는다.

마당이 보이는 마루에 누워
담장 아래 사시나무가 한나절을 서서 듣고 있는 빗소리를
함께 듣는다
슬쩍 졸음에 겨운 눈꺼풀이 감겼는가 싶었는데
눈을 떠보니 마당에는 함박눈이 내린다
벌써 며칠 동안 내렸다는 듯이 수북이 쌓인 눈밭 위로
토끼 발자국이 피어났다

돌아누워 마루 벽에 걸린 액자를 바라본다

어릴 적 창경원 동물원에 놀러가 찍은 사진

옆에 꽃다발 한 아름 가득 웃고 있는 졸업 사진

빛바랜 영정 다시 돌아누우면 마당에는 빗방울이 튀어 오

르고

사시나무 눈부신 가지의 날개가 빗속에 새겨져 있다

나무의 일생으로 따져보면

얼마나 많은 반전과 절정이 몰려왔다 몰려간 건지

비도 오는데 이상한 일이지

어머니는 그날 나비 한 마리 마당에 날아들었다신다

한때 나비로 살았던 날이 있다　　　　──「변신」 전문

'비'는 주체 내면의 근원과 존재의 근간으로 흘러들어
그 속에 깃든 삶의 무늬를 발견하게 해준다. 욕망과 의지
는 언제나 다른 그 무엇과 관계지으며 생명으로 치닫는 환
유적 운동을 계속한다. 이 운동을 통해 주체는 결핍의 틈
에 짓눌려 있는 경험과 기억을 꺼내 그 자신 속에 깃든 삶
의 무늬를 증명하고자 한다.

　마루에 누워 빗소리를 듣다 깜박 '잠'이 든 화자는 눈을
떠 마당에 함박눈이 내린 것을 본다. 그 눈발 위로 찍힌
토끼 발자국이며 마루 벽에 걸린 액자 속의 사진을 본다.
'잠'은 시간을 왕래하는 소통의 기제이자 생과 사를 넘나
드는 소통의 기구이다. '잠'은 '꿈'과 함께 낙원 귀환이라

는 상징적 의미를 지닌다. 기억의 외상(外傷)이 압축되어 나타나는 '잠'과 '졸음'은 윤의섭 시에 반복적으로 나타나는 모티프로, 이는 "어릴 적 창경원 동물원에 놀러가 찍은 사진"과 "꽃다발을 한 아름 가득 웃고 있는 졸업 사진"과 "빛바랜 영정"을 만나게 한다. 이 만남을 통해 화자는 생의 신선함과 건강함을 회복한다. 마치 '비'가 메마른 땅을 적시듯 기억과 경험의 지층 속으로 흘러내려가 건조한 내면에 생기를 불어넣는다. 그리하여 '잠'에서 깨어난 주체는 "마당에는 빗방울이 튀어 오르"고 "사시나무 눈부신 가지의 날개가 빗속에 새겨져 있다"라고 말한다. 마당이 주체의 시선이 머무는 존재의 공간 혹은 내면의 공간이라 볼 때 이는 '잠'에서 깨어난 주체 생명에의 활력 의지에 다름 아닐 터이다. 그리고 주체의 유의미한 연상에 의해 마당에 '어머니의 나비'가 날아들었음을 환기한다. 환각이 대상이나 사물의 부재에도 불구하고 형상이나 소리가 실재하는 것처럼 인식하는 체험 행위를 가리키는 것이라 볼 때, 원시 부족들의 접신 행위나 아브라함이 모세의 음성을 듣는 것이나 신과 인간이 만나 행복과 평화에 이르는 그리스 신화 등은 인간의 유한성을 극복하고자 하는 데에서 출발한다. 다시 말해 환각은 현실에 미만해 있는 고통을 극복하고 그 내면을 치유하고자 하는 내면화된 시간이며 생명력과 관계하는 역동적인 의지이다. 마찬가지로 윤의섭에게 있어서 이 환각은 보이지 않는 '헛것'을 보는 것에 그치지 않고 존재하는 '저 너머의 것'을 향한 시인의 의식 지향성을 반영한다. 삶 한복판에서도 유한성을 자각하고 그것을 바르게 인식하고자 하는 그의 의지는 다음과 같은 시에서도 발견된다.

떨어지지 않는 빗방울도 저 중에 섞여 있다
생긴지 오래 되었으나 여전히 물의 날개를 지상으로 기울이지 않는다
다만 산등성이에 기둥처럼 펼쳐진 비안개를 떠올리자
옆구리로 늙은 바람이 지나간다
내 새로 생긴 추억이 안개 기둥 속에 잠들었던 바람을 불러낸 것이다
하염없는 설원을 생각할 때는
마당에서 때늦은 동백꽃이 피었다
허리를 베이고 죽은 대추나무를 그리워하면
한밤중에 지붕으로 후드득 후드득 대추알 떨어지는 소리가 나고
무인도에서 뱅어돔 낚는 새벽은
붉은 태양보다 살아온 날들로 뭉뚱그려진 新星이 앞서 떠오른다
밤엔 아주 느리게 떨어지는 소나기가 왔고
동시에 나는 이 혹성에 불려온 듯 잠에서 깨어난다
처음 보는 아침이었다   ──「逍遙遊」 전문

소요란 마음을 허물없이 놓아둔 채 한가로이 거님을 의미한다. 따라서 이 소요 속의 풍경은 동백꽃이 피고 그리운 대추나무가 있고 신성(新星)이 있는 생의 뿌리로서의 풍경이다. 산등성이에는 비안개가 펼쳐져 있고 옆구리로는 늙은 바람이 지나가는데 이는 추억이 불러낸 것이다. 그리고 간밤에 소나기가 왔는데 이로 인해 나는 "혹성에 불려온 듯 잠에서 깨어난"다. 마치 흐느적거리는 육체의 구멍을 빠져나온 혼이 모든 경계와 물화(物化)의 세계를 넘나들 듯이 시적 주체의 내면성을 신성한 곳으로 이끌고 있는 '비'는 삶의 현전성에 도달하고자 하는 윤의섭 시의 환각과 사유의 여정을 너울지게 한다. 이 사유의 여정을 통해 그가 발견하는 것은 "처음 보는 아침"이다. 최초의, 혹은 순결한 의미를 담고 있는 '처음'은 신선함과 신성함을 품고 있는 '아침'과 결합하여 영원하고도 심원한 곳에 자신을 데려다 놓는다.

신비가 고통을 벗어나 영원성과 신성을 감각하면서 그지없이 행복한 상태를 지향한다고 볼 때 경험 속에서건 자연 속에서건 신비는 생애와 자아의 동일성과 연속성을 복원시킨다. 경험된 과거와 처해 있는 현재를 영원성의 시간에 몰입시켜 삶의 진면을 탐구한다. 이때 '물'은 단절된 경계에 스며들어 경계와 경계를 이어주며 의식을 이어준다. '물'은 꽃을 활짝 열게 하여 지난날 "쓸쓸한 무취"에

"폭포 같은 물을 쏟"으며 "살맛 찾아오르게"(「세작」, 『말 괄량이 삐삐의 죽음』)한다. 그럴 때 "처음 보는 아침이었 다"고 고백할 수 있을 것.

> 비릿한 빗줄기 사이로
> 마른 들꽃은 생각난 듯 고개를 들었지
> 이슬 담뿍 머금은 가을 아침이면
> 한세상 건너가던 넋들도 괜시리
> 미련에 미쳐 꽃잎만 휘날렸지
> 그때 눈부신 꽃 한 잎 달라붙어 따라간 뒤
> 지금쯤 누군가의 꽃점으로 피었을까
> 마른 들꽃 잠시 살아나 제 몸의 향기를 맡는다
> 이 메마른 향기
> 언젠가 안겼던 품에 흐르던 따사로운 체취
>   ──「마른 들꽃 향기」전문

'마른 들꽃'은 활기와 생명력을 잃어버린 존재에 대한 환유이다. '마르다'는 고갈과 수척, 분열과 소외의 의미를 지닌다. 마른 들꽃에 "비릿한 빗줄기"가 흘러 스며든다. "비릿한 빗줄기"는 생명 존재의 감각적 대유물로 이는 시 간의 연속성을 회복하고 참된 생애를 복원한다는 상징적 의미를 갖는다. "비릿한 빗줄기"는 소멸로 치닫고 있는 들꽃에게 "제 몸의 향기를 맡"게 하고 그 향기를 "언젠가

안겼던 품에 흐르던 따사로운 체취"로 인식하게 한다. 허무와 절망은 결코 그 자체로 존재하지 않는다. 그것은 불안, 고독, 공포, 음울 등과 같은 범주들에 놓여 있으면서 경험, 시간, 의지, 선택 등과 같은 생성적 범주와 함께 놓여 있다. 마른 들꽃이 제 몸의 향기를 맡는다는 것, 나아가 언젠가 안겼던 품에 흐르던 따사로운 체취를 느낀다는 것, 그것은 소멸적 범주가 생성적 범주에 의해 지배되고 있음을 보여준다. 경계와 단절을 이어주는 생성의 징표이자 따뜻한 회복을 위한 생명의 향유물인 '비'는 꽃잎을 피어나게 하듯이 생명과 자아를 건강한 육체로 탄생시킨다. 인간의 유한성에 대한 허무 그리고 동일성을 잃어버린 자아에 대한 불안은 윤의섭 시의 블랙홀이다. 따라서 윤의섭이 생을 둘러싸고 있는 것들을 영원한 것에 귀착시키려는 의지를 갖는 것 그리고 시간의 영원성을 가치화시킴으로써 허무와 절망을 넘어서려는 태도를 보이는 것, 그것이 바로 윤의섭의 시가 지니고 있는 내면의 열정이다.

　　구름이 태양을 가리면 비로소 빛의 숨소리를 들을 수 있다
　　거칠게 몰려가는 바람의 파편이 수면에 꽂힌다

　　이 풍경은 덧칠이다
　　바라볼 때마다 겹쳐지는 눈빛의 엷은 채색
　　폭포처럼 흘러내려 한 꺼풀 벗겨진 산 중턱에

새는 빗방울과 함께 떠 있다 저쯤에 이르러
오랜 여행을 마친 빗방울이 새로 피어난 것이다

낯선 해안에 밀려온 부유물인 듯 생소하여
지나온 여정을 돌이켜보기도 하고
날갯짓으로 별자리를 가늠하다가

빗속에 떠 있다는 것 빗줄기에 매달려 선회하는
느린 공전 주기에 맞춰 지상에선 꽃 피고 계절이 흐르고

덧칠을 벗겨내면 여전히 빗속을 날아가는 새
무지개의 航跡을 그으며 중력을 만들며
저쯤 해서 살 만한 둥지를 튼
낙엽이 지고 다시 꽃이 피기 시작한 해안

——「빗속의 새」 전문

　이번 시집에서 두드러진 특징 중의 하나는 사유나 주제
그리고 이를 구성하는 배경이나 어휘가 불교적 태도를 보
인다는 점이다. 「부처산」 「아, 티벳」 「서른다섯번째 經夜」
「슬픈 득도」 「神市」 「中原을 떠도는 유랑혼」등의 시편을
비롯한 수많은 시들은 경전, 보시, 전생, 후생, 성불 등과
같은 불교적 어휘를 거느리면서 시집 전체를 장악한다. 이

같은 태도는 삶을 바라보는 윤의섭의 시선과 밀접하게 연계한다. 즉 그에게 있어 삶은 삶 그 자체로만 존재하는 게 아니다. 그것은 언제나 죽음과 관계하고 있으며 죽음 또한 영원한 삶과 매개하며 혼융하며 순환한다.

새는 빗방울과 함께 떠 있다. 새는 "지나온 여정을 돌이켜보기도 하"고 "날갯짓으로 별자리를 가늠하"기도 한다. 그때 느린 공전 주기에 맞춰 지상에서는 꽃이 피고 계절이 흐른다.

새는 '물'을 통해 온전히 제 가치를 회복한다. 존재의 한가운데. 그 존재의 한가운데는 어두운 기억과 경험, 유배와 망명이 해제되는 곳으로 그곳에는 열매가 익고 실뿌리가 뻗어나가는 곳이다. '빗방울' 그리고 그 속에 새롭게 비상하고 있는 '새.' 그 천상적 존재들과 혼융된 지상에선 다시 꽃이 피고 계절은 순환한다. 그러면서 무지개의 항적(航跡)을 그으며 살 만한 둥지를 튼 해안. 삶의 방식들과 영겁회귀들. 윤의섭은 인간의 생애를 붙잡는 모든 징후들과 대결하며 그 너머의 것에 이르고자 그의 영혼과 육체를 시 속에 바친다. 그러나 그는 섣부르게 초월을 꿈꾸지 않는다. 그는 "공중신전"은 없(「물의 유목」)고 마을을 떠난 신은 돌아오지 않는다(「神市」)고 말한다. "하루 동안 새하얗게 늙어도 아침이면 생의 처음으로 돌아오"(「북벽 연대기」)는 것처럼 그는 영원과 생명의 순환에 몸을 적신다. 몸은 죽음을 입은 이후에도 산다.

이번 윤의섭의 시집은 불멸과 영원, 생명과 구원 등의 삶의 문제들을 바로 보고자 하는 의지로 가득 차 있다. 자신만의 독특한 신화를 구축하고 있는 그의 시는 필연적으로 대결할 수밖에 없는 자아와 세계와의 싸움을 치열하게 계속한다. 생을 붙잡고 있는 부정의 것들과의 타협 없는 주체, 생명적 가치로서의 신성, 의식의 저층에 간단없이 파고드는 근대 악령들과의 싸움, 그리고 그로부터 구출된 인간적인 것의 옹호, 그리하여 그는 처음과 끝, 없는 것과 감춰진 것, 꿈과 생시, 슬픈 것과 기쁜 것 등에서 참다운 생의 원리를 발견한다. 그 싸움의 흔적은 처절하여 시의 곳곳에 붉은 피를 흘려놓는다. 그리고 그의 영혼과 육체는 시간의 영속성과 대면한 의식의 내면 깊은 곳에 영원한 생명의 가치를 열어놓고 '물'처럼 출렁거린다. 자신의 시에 온전히 몸을 바쳐 그 사투의 흔적을 유감없이 보여주고 있는 윤의섭의 이번 시집이 한국 시의 한 영역을 새롭게 개척하기를 진심으로 고대한다. ▨